COLLECTION FOLIO

Jean-Marie Laclavetine

En douceur

Gallimard

Jean-Marie Laclavetine est né à Bordeaux en 1954. Auteur de cinq romans, il est également traducteur d'italien, et membre du Comité de lecture des Éditions Gallimard. Il a obtenu le prix François Mauriac en 1992 pour *En douceur*.

A Georges Lambrichs

1

D'un tempérament doux, Vincent Artus n'avait jamais tué que sa femme. Béatrice n'était d'ailleurs pas son épouse aux yeux de la loi, mais ce détail ne changeait rien au malaise qu'il éprouvait lorsqu'il venait à se remémorer le pénible épisode de la forêt d'Hayra.

A cette époque, Artus ne vivait pas encore dans un camion. On pouvait lui rendre visite rue des Cinq-Diamants, à la Butte-aux-Cailles, dans un appartement qu'il partageait avec cette femme brune, vive, menue, et un perroquet blanc à queue rose.

De Béatrice, il ne restait plus aujourd'hui que la musique d'un prénom : elle avait depuis longtemps abandonné sa chair à la diligence nécrophage de toutes sortes de larves, insectes, volatiles ou reptiles, dans un ravin peu et mal fréquenté des montagnes Pyrénées, près de Roncevaux.

Durant quelques secondes, le regard de Béatrice avait exprimé un scepticisme mal venu quant à la réalité des événements en cours.

Elle était restée un moment en suspens au bord du sentier, les yeux fixés sur Vincent. La surprise imprimait sur sa peau des taches lilas, et elle battait des bras comme pour s'envoler.

Elle ne s'envola pas. Son corps rebondit le long de la pente avec la lourdeur d'un reproche, dans le bruit de crécelle des cailloux qui accompagnaient sa chute.

Artus n'avait jamais aimé, n'aimerait jamais personne comme Béatrice. En contemplant, en contrebas, la loque informe et poussiéreuse qu'il avait serrée contre lui quelques heures auparavant — sa peau n'était pas alors bouffie d'hématomes ni hurlante de plaies, c'était une peau blanche et souple et qui sentait l'anis, une plage odorante où il aimait se reposer —, il sentit de grosses larmes monter jusqu'à ses yeux. Maintenant des pierres lourdes et tranchantes, scintillantes de mica, s'envolaient de ses mains, et il les regardait en pleurant suivre la pente inéluctable qui les conduisait vers la chair encore tendre de Béatrice. Il ne resta bientôt plus de son amour qu'une mèche de cheveux noirs que le vent taquinait, et, dépassant bizarrement de l'amas de pierres, une sorte de chiffon mou : cette main douce et experte, sans doute, dont il regretterait à jamais la caresse.

A contrecœur, Artus se mit en route vers son avenir. Des nuages s'éventraient sur les pics alentour ; une harde de pottocks galopait le long d'une crête, juste au-dessous du plafond gris.

2

Le clavecin de la pluie sur les tôles et les vitres faisait danser, dans les carrés de jour, des fils d'eau claire.

Le vent piaulait à travers les jointures des portières, quadrillait l'espace glacial. Sur l'étagère de plastique noir, au-dessus de la couchette, le réveil caquetait, placide. Cramponné à son perchoir, la tête sous l'aile, Pumblechook frissonnait. Le vent coulis l'agaçait à rebrousse-plume.

Artus avait encore sommeil ; mais son dernier rêve s'effilochait et partait en lambeaux.

Debout, allons.

Une journée recouvrait l'autre. Il se leva, étouffa le réveil sous la housse molletonnée de la théière, s'étira longuement, resta en croix dans l'humidité froide. Comme hier, constatait tictaquant le réveil sous sa cloche. Vincent, comme hier, oui, remplit de graines l'écuelle en fer-blanc. Grognon, le perroquet ne la toucha pas tout de suite.

La pluie, la pluie. Elle plaquait sur la carlingue des accords mauvais.

Et on était dimanche.

Vincent Artus ouvrit les yeux, et regarda sa vie : une multitude de dimanches de pluie, répercutés à l'infini dans des miroirs sales. Tu appelles ça une vie, grommela Pumb. Artus enfila son pantalon, sa parka, ouvrit la porte arrière, alla pisser à quelques mètres du camion, contre une palissade. Quand il rentra, le perroquet s'occupait à faire tomber une à une les graines de tournesol sur la moquette. Ignorant l'affront, Vincent alluma le radiateur à gaz, posa la théière sur le réchaud, et entreprit de se laver et de se raser avec l'eau du jerrycan.

Maintenant la buée rendait présomptueuse toute interprétation du paysage à travers les vitres. Cela sentait le fioul, la poussière humide, le caoutchouc, les vieilles idées bouillies et rebouillies. Assis en tailleur sur la couchette, Artus tordit le nez au-dessus de sa tasse.

Il avait faim. Il vola une graine de tournesol dans la coupelle, sans que Pumblechook ait le temps de lui planter, suivant son intention, un bec acéré dans la pulpe du doigt ; puis tout en croquant la graine, il sortit à la recherche d'un petit déjeuner.

3

Vincent n'appréciait pas que la pensée de Béatrice vînt le troubler dès le matin. Il eût aimé bénéficier d'une trêve entre les cauchemars de la nuit et ceux de la journée; mais un tel répit ne lui était que rarement accordé, et l'œil rond et rouge de Pumblechook ne contribuait pas à apaiser ses tourments.

La pluie redoublait sur la rue de Tolbiac, donnant aux rares passants l'apparence de poissons dégelés.

Dimanche : seul jour de la semaine où l'homme puisse prendre pleinement la mesure de son irrévocable damnation. Artus avançait dans l'évidence glaciale d'un dimanche comme les autres. Les façades l'observaient sans ciller, les nuages se faufilaient entre les toits pour le suivre.

Il fallait avoir réellement faim pour pousser la porte vitrée d'un café — *Le Petit Pompon,* par exemple — et s'installer dans la promiscuité beuglante des frères humains, qui malgré l'heure matinale avaient déjà épaissi l'air de relents de tabac et de bière. Il s'installa au comptoir et mordit dans un croissant ; sans qu'Artus eût rien commandé, le barman fit glisser vers lui un peu d'eau chaude dans laquelle stagnait un sachet empli de poussière de thé.

L'amitié des ivrognes est la seule qui ne déçoive jamais. On s'approcha de Vincent Artus, on lui tapa l'épaule, on l'enveloppa dans un chaud manteau de bonnes blagues. Pour un peu, il aurait partagé le calvados ou la Stella Artois, et trinqué avec les autres à la mort des dimanches. On le connaissait bien, le docteur Artus. On connaissait sa silhouette de quadragénaire aux cheveux et aux yeux gris, toujours drôlement vêtu ; on savait qu'il buvait du thé, qu'il s'installait souvent le matin à une table du fond, près du flipper, pour y rédiger ce qu'on supposait être son courrier, et prodiguait les bienfaits de sa science tous les après-midi au dispensaire de la rue de l'Espérance. Que connaître de plus ? Tout un homme, en somme, fait de tous les hommes, et qui les valait tous, et que valait n'importe qui : simple et forte philosophie des bistrots.

On s'était habitué à le voir arriver le matin, les yeux enfouis très loin dans le fouillis sombre des cernes et des rides, le visage marqué par les plis de l'oreiller. Un jour il ne viendrait plus, et la Butte-aux-Cailles n'en cesserait pas pour autant de porter un nom amical, ni la bière de mousser, ni les dimanches de durer. Un autre homme valant tous les hommes viendrait s'encastrer à la place d'Artus le long du comptoir, dans la haie des buveurs, commanderait un noir ou un demi, et on oublierait vite les tasses de thé de l'homme aux cheveux gris.

La parka de Vincent fumait dans la chaleur du bar. Ces considérations tout intérieures le réconfortaient : il se réjouissait de se sentir si peu indispensable à la marche du monde, et se laissait envahir, tout en sirotant son eau chaude, par un sentiment douceâtre de fraternité et de bienveillance. Observant la compagnie, il diagnostiqua plusieurs troubles hépatiques — dont une cyrrhose avancée —, une sinusite, une arthrose et deux anémies. Il rédigea mentalement quelques ordonnances et se décida enfin à quitter l'endroit, résolu à en découdre avec Dimanche. Celui-ci attaqua bille en tête, dès le trottoir : volée de pluie froide, pilonnage de grisaille. Artus résistait bravement. Il courut vers le camion, qu'il atteignit en s'abritant de temps à autre sous un porche venteux.

La bataille, jusqu'au soir, serait longue.

Malgré l'humidité adverse, il parvint à mettre le moteur en route, et optant pour la stratégie de l'encerclement, se mit en orbite autour de Paris, sur le périphérique. Son réservoir était plein, et avec l'aide de la musique, il pourrait rester ainsi plusieurs heures hors d'atteinte. Les protestations de l'oiseau ne surent empêcher Artus de glisser une cassette d'Arvo Pärt dans le lecteur. Pumb ne supportait pas *Tabula rasa,* qui lui rappelait Béatrice et le plongeait dans un état de mélancolie dont il ressortait douloureux, meurtri, et plein d'un ressentiment accru à l'égard de son maître.

4

Tous les dimanches ont une fin. Artus avait beau douter fréquemment de cette vérité pourtant peu discutable, le moment arriva où il put songer à prendre ses quartiers de nuit. Il trouva une place de stationnement dans la petite rue Lahire ; après s'être dégourdi les jambes quelques minutes, il se coucha enfin, lut un numéro de *L'ami des jardins* qu'il avait trouvé sur un banc, et se laissa porter par un sommeil chaotique vers le lundi naissant. Protégé pour la nuit par une tente en drap bleu accrochée au plafond, Pumb, tête rangée sous l'aile, se préparait à la paix du lundi : journée de méditation et de chant solitaire dans la carlingue, car le maître avait en début de semaine un programme chargé.

Vincent Artus s'était juré, depuis Hayra, de fuir tout ce qui risquait de provoquer le moindre bouleversement d'un ordre chèrement payé. S'il avait pu prévoir la rencontre qu'il ferait, ce lundi de printemps, et l'importance qu'elle allait prendre dans son existence, sans doute se fût-il abstenu de se lever. Mais rien de prémonitoire dans le trépignement du réveil, ce matin-là ; rien d'inhabituel dans la gifle qui l'envoya promener à l'autre bout de l'étagère : un début de semaine ordinaire.

Il suivit scrupuleusement son emploi du temps du lundi, tel qu'il l'avait déterminé une fois pour toutes, des mois auparavant, et inscrit sur un feuillet collé, avec ceux qui concernaient les cinq autres jours de la semaine (le dimanche, bien sûr, n'était pas un jour de la semaine), sur la face interne des pare-soleil. Artus pouvait ainsi se référer, en cas de panique ou de doute, à un ordre du jour infaillible.

7 h 00 — Réveil. Ne pas traîner.

7 h 05 — Nourrir P. + eau baignoire + vaporis.

7 h 15 — Thé au *Petit Pompon*. Journal ? Ne pas fumer.

7 h 45 — Retour camion. Parking Espérance 8 h 00.

8 h 05 — Quartier libre→ 9 h 30.

9 h 30 — Poste Tolbiac. Si courrier, *Petit Pompon*.

10 h 00 — Piscine.

11 h 00 — Retour camion. Linge. Laverie.

Etc., etc. Ce lundi, comme tant d'autres, en son commencement, confirma la marche immuable de l'univers.

Contre toute attente, la terre, après Hayra, n'avait pas cessé de tourner. Quelques hoquets, sans plus, avant de reprendre son erre. Bien entendu, Artus, lui, manquant d'expérience, éprouva quelques difficultés à retrouver sa place dans les rues de Paris. Des semaines coulèrent avant qu'il pût de nouveau marcher sans s'appuyer aux murs ; que de fois s'était-il arrêté, sur un trottoir ou dans un magasin, afin de fermer les yeux et ne plus voir le visage tuméfié de Béatrice, qui lui souriait ! Elle était partout ; même sous ses paupières, quand il fermait les yeux : et elle lui envoyait un affreux baiser mou qui laissait voir ses dents tachées de sang.

A 7 h 05, il remplit la coupelle de graines de tournesol. Puis il vida dans le minuscule lavabo le contenu de la piscine — un grand plat à gratin qu'il tenait de sa mère — et y versa de l'eau du jerrycan. Pumblechook fit mine de ne rien voir ; il ne se baignait jamais en public, et ne voulait pas paraître devoir la moindre reconnaissance à son maître. L'animal afficha un mépris digne lorsque Vincent, suivant en cela les conseils de l'oiseleur de la rue Nationale, vaporisa soigneusement sur tout son plumage, à l'aide d'un pulvérisateur, une eau qui sentait le plastique.

A 8 h 00, il alla garer le camion dans le parking du dispensaire, tout juste ouvert. Il regretta, comme chaque lundi, de disposer d'un aussi long quartier libre, mais trouva à s'occuper agréablement en faisant l'inventaire des vitrines du quartier, et il n'eut plus qu'à tuer le dernier quart d'heure avant la poste en s'installant dans une sanisette opportunément placée sur son chemin.

Dans sa boîte postale, aucun message de l'au-delà. Il glissa sans l'ouvrir une enveloppe de la banque dans sa sacoche, et se rendit à la piscine de la place Paul-Verlaine. Il plongea d'un seul coup dans l'eau tiède, à la surface de laquelle flottaient quelques têtes en caoutchouc, parmi les râles clapotants et les sifflements qui rebondissaient sur les carrelages.

A 14 h 50, il franchissait la porte du dispensaire.

5

La salle d'attente était déjà pleine. En passant devant la porte vitrée qui la séparait du couloir, il put entrevoir une dizaine de visages flottant comme des méduses dans la lumière liquide du néon.

Le bureau de Bruno Sémione était ouvert. Artus vit son directeur et ami, les bras croisés derrière le dos comme à son habitude, cheveux blancs s'élevant en fumée vers les craquelures du plafond, rêvant face à la fenêtre — et il fallait pour cela qu'il fût un rêveur talentueux, opiniâtre, car derrière la poussière des vitres s'étendait une courette de deux mètres carrés, où stagnait une lueur boueuse.

— Te voilà, lança Bruno sans se retourner. Viens donc te réchauffer au samovar du vieux Sémione. Les écrouelles attendront.

Le directeur abusait volontiers de la consonance slave de son patronyme, afin de paraître sortir d'une nouvelle de Tchekhov. Il était, en vérité, d'origine auvergnate; son père avait enseigné la langue allemande aux enfants Michelin de Clermont-Ferrand, dans l'école Michelin de l'usine Michelin. Quant au samovar, il s'agissait d'une bouilloire en fer-blanc datant, selon toute vraisemblance, de l'inauguration du dispensaire par Raymond Poincaré, en 1912, et tellement entartrée à l'intérieur comme à l'extérieur, qu'on eût dit une concrétion calcaire provenant de quelque grotte pliocénique.

Les deux hommes burent le thé debout, s'observant à la dérobée à travers la vapeur qui montait des bols. La conversation se résuma pendant un moment au bruit que chacun émettait alternativement en aspirant le liquide bouillant.

Artus et Sémione s'étaient liés, depuis des années, d'une affection à base de thé et de silence. Ils étaient comme deux chiens ayant depuis longtemps cessé de japper après le temps qui passe, deux bâtards fatigués louchant sur leur truffe, avec dans la gorge un ancien goût de viande. Tout de suite, ils s'étaient reconnus comme appartenant à la même non-race, partageant les mêmes non-croyances, guettant avec la même patience sceptique les progrès de l'humanité à travers les vitres sales d'un dispensaire du treizième arrondissement, dans un crépuscule de goudron. Ils avaient la même façon de tâter, en fermant les yeux, des membres grêles, des ganglions bouffis, des ventres mous, plutôt que les fesses musclées au Vitatop des jeunes mémères du huitième, ou la couenne brunie de managers cocaïnomanes. Ils n'ignoraient pas que ce choix, qui les avait conduits à renoncer à tout espoir de prospérité financière, n'était pas l'effet d'une profonde bonté d'âme, ou d'un sens aigu de la dignité et de la justice, mais du simple constat que l'existence est suffisamment compliquée, avec ses problèmes d'horaires, de sentiments et de factures, sans que viennent s'y ajouter les fastidieux déchirements de la conscience. Ainsi, confortablement installés dans leur abnégation, ils observaient leur train de vie rouler au pas sur une ligne à voie étroite.

— Tu as eu de la visite, ce matin, lâcha enfin Sémione avant d'avaler en grimaçant une nouvelle gorgée de thé.

Artus ne répondit pas. Il n'avait rien de bon à attendre des visites.

Artus n'avait plus d'amis, hormis Sémione, justement, qui ne lui rendait jamais visite. Ils allaient parfois dîner ensemble, ou prendre un apéritif au *Petit Pompon* — plus régulièrement depuis que Béatrice ne venait plus chercher Vincent au dispensaire. Sans oublier la rituelle partie de poker du vendredi soir, rue Clisson, à laquelle ils se rendaient de conserve. Mais jamais le directeur n'avait mis le pied dans la cage roulante de Pumblechook, qui était aussi celle d'Artus.

— Tu ne me demandes pas qui, constata Sémione en aspirant une nouvelle gorgée.

Artus fit non de la tête, en souriant. Après avoir jeté un coup d'œil à l'horloge murale, il avala d'un trait le contenu du bol, et s'apprêtait à quitter la pièce pour rejoindre ses ouailles éclopées, lorsque la voix de Bruno le rattrapa.

— Elle a dit qu'elle repasserait dans l'après-midi.

Vincent, résigné, fit demi-tour.

— Allons, dis-moi.

Sémione prit le temps de finir son thé.

— Dix-huit ans, brune. Un visage... remarquable.

Artus avait soigneusement vidé son existence de tout ce qui pouvait ressembler à un visage remarquable encadré de cheveux bruns, et il fut obligé de presser longuement la main sur son front afin d'en faire gicler une vague image; mais ce qui apparut, ce fut le fantôme familier et désolant, celui d'une jeune femme qui battait des bras, et tentait d'agripper l'air pour échapper à la cruelle loi de la pesanteur. Heureusement, ce fantôme n'avait pas dix-huit ans, mais trente-cinq : ce qui permit à l'assassin Artus de reprendre son souffle, et de quitter la pièce en marmonnant à l'adresse de Sémione qu'il ne voyait pas, vraiment, de qui il pouvait s'agir.

Le directeur le regarda sortir, l'air soucieux.

Tout l'après-midi, le docteur Artus s'employa à panser, soigner, ausculter, palper, diagnostiquer, pronostiquer, prescrire, conseiller, expliquer, rassurer, piquer, bander, interdire, plaisanter, écouter, soulager, recommander, dissuader, et n'eut pas le loisir de penser à l'annonce faite par Sémione.

A 18 h 35, il reconduisit son dernier client, un jeune Chinois qui avait tenté de descendre l'escalier du métro Corvisart sur une planche à roulettes, et lui fit un petit signe d'au revoir avec ses doigts rouges de mercurochrome avant de refermer la porte.

A 18 h 42, il finissait de compléter un dossier, lorsqu'on frappa.

Un seul coup, net et clair.

Artus releva la tête.

La porte s'ouvrit, et Camille explosa dans sa vie.

6

Il se mit à neiger à l'intérieur du camion. Des paillettes blanches et duveteuses dansaient dans la carlingue, au rythme des coups de gong que l'oiseau faisait résonner en se jetant contre la tôle des parois. Dans sa recherche sans espoir d'une issue, Pumblechook lâchait des plumules et des fientes de détresse. Il resta un moment agrippé au rebord du petit vasistas entrouvert du toit, becquetant le plexiglas, tentant de se faufiler en force. Il s'attaqua aux portes, mordit frénétiquement le siège du conducteur, cria en vain dans son désert : personne ne pouvait l'entendre.

La crise fut violente mais brève. Le perchoir, en tombant, avait précipité les cassettes à bas de l'étagère ; des graines jonchaient la couchette et le sol. Le perroquet s'abattit enfin, haletant, l'œil à demi voilé, sans plus émettre d'autre son que les petits couinements précipités de sa respiration. Autour de lui, les derniers flocons se posaient.

C'est ainsi qu'Artus le trouva en rentrant.

L'état de la carlingue était à l'exacte ressemblance de son esprit ce soir-là.

Vincent prit avec douceur l'oiseau entre ses mains. Les longues rectrices roses pendaient. Il lissa les plumes hérissées, sous lesquelles on voyait palpiter la chair, souffla légèrement sur les yeux et le bec, sachant que l'oiseau détestait cela, et espérant ainsi le tirer de sa torpeur.

Pumblechook n'était pas fréquemment sujet à de semblables crises. Une fois seulement Artus l'avait connu dans un tel état : le jour de la mort de Béatrice. En regagnant la vieille Volvo, abasourdi par la brutale et définitive absence de la femme dont il venait d'habiller le corps d'un linceul de pierre schisteuse, Vincent avait trouvé Pumb sur le fond souillé de sa cage, les griffes encore serrées aux barreaux, émettant de petits S.O.S. suraigus dans la moiteur fétide de l'habitacle.

Ce jour-là, déjà, il avait pris l'oiseau dans ses mains, reportant sur lui toute la tendresse qu'il ne pourrait plus jamais manifester à l'encontre de Béatrice. Il lui avait raconté à voix basse ce qui venait de se passer, choisissant avec soin les mots les moins tranchants, psalmodiant pour la première fois la litanie de son malheur, dont il lui faudrait désormais répéter chaque note jusqu'à la nausée.

Comme jadis, l'œil rouge de Pumblechook reprit au bout de quelques minutes son éclat de braise, au centre de la plage de peau cendreuse et ravinée entourant les paupières.

La nuit était tombée, et la cour de stationnement du dispensaire baignait dans une clarté orangée, d'origine indiscernable, que mouillait une fine bruine. Artus garait ici le camion tous les jours de la semaine, à l'abri des voleurs et des policiers. Il ne le sortait que lorsque le gardien venait fermer la grille de la cour, le soir ; il allait alors s'installer dans quelque rue tranquille du quartier pour y passer la nuit.

Pumb s'ébroua, se dégagea de l'étreinte de son maître, et alla se poster sur l'étagère, près du réveil, encore tremblant et agité.

Artus s'assit sur le tabouret, devant la petite table. Le visage posé dans ses mains, il regardait l'oiseau. Pumb, de son côté, semblait attendre confirmation de ce qu'il savait déjà, de ce qu'il avait senti vibrer soudain jusqu'au tréfonds de sa carcasse, tout à l'heure : cette vérité saccageuse qui l'avait projeté contre les murs de tôle.

— Tu sais quoi, mon vieux Pumb ? murmura Vincent. Elle est revenue.

7

Se découpant soudain avec netteté sur le flou du décor, la silhouette de Béatrice : cheveux noirs et courts, veste et pantalons noirs, regard de charbon. Artus, ébloui par cette explosion de ténèbres, resta muet.

Malgré le silence de Vincent, elle avançait vers lui. A chacun de ses pas, une tache noire s'élargissait dans la conscience d'Artus, engloutissant des pans entiers de mémoire récente — toutes ces petites digues mentales qu'il avait accumulées, depuis cinq ans, entre lui et la forêt d'Hayra. Cinq années, cinq pas : et voici que dans la nuit soudain tombée fulminait, blanc et noir, le visage de Béatrice, avec ses lèvres rouge sang.

Revenante, revenue. Forte de l'évidence de ses dix-huit ans, qu'il n'avait jamais connus, Béatrice se tenait devant lui. Et elle lui souriait, elle prenait place sur le siège de plastique vert qui avait soutenu toutes les plaies et bosses de l'arrondissement — c'était elle, à n'en pas douter.

Souriant, mais très légèrement : inquiète, peut-être, de l'émotion qu'Artus laissait transparaître malgré lui.

Le sourire s'éteignit. Les lèvres — lèvres de Béatrice, naguère ouvertes sur un bouillon de sang — laissèrent échapper quelques mots. Vincent eut un mouvement de recul.

— Je lui ressemble tant que ça ? — La voix de l'apparition était empreinte de commisération.

Ah, elle lui ressemblait. Elle lui ressemblait ! Avec, peut-être, plus de résolution dans la forme de la mâchoire... Le regard, aussi, brillait davantage (il pensa au regard des Andalouses, qui en rehaussent l'éclat en pressant un zeste d'orange devant leurs prunelles)... Celui de Béatrice était plus doux, plus profond, il ne vous renvoyait pas violemment à vous-même — c'était un regard de suie qui vous aspirait.

Artus, incapable de parler, ébaucha une suite de gestes sans cohérence, tout en s'efforçant de donner à son visage une expression poliment interrogative. Il ferma puis rouvrit le dossier qu'il venait de remplir, décrocha le téléphone dans le but d'appeler Sémione à son secours, le raccrocha, chercha dans un tiroir un paquet de cigarettes qui ne pouvait pas s'y trouver — sans quitter des yeux cette jeune femme qui ne s'appelait pas encore Camille, et attendait patiemment une réponse à sa question.

Puis, se résignant enfin à l'inéluctable présence, il parla à son tour, d'un ton qui tendait en vain au détachement, et ne faisait que renforcer la pathétique expression de détresse affichée par toute sa physionomie.

— Excusez-moi... Je ne vois pas à qui vous devriez ressembler. (Il dit cela. Au-dessus de ses doigts entrecroisés, sur le bureau, ses deux pouces dressés s'agitaient frénétiquement pour affirmer le contraire.)

— Il ne s'agit pas d'une erreur, monsieur Artus.

Vincent posa ses coudes rapprochés sur la table ; les deux pouces vinrent soutenir le menton, dont ils purent réprimer le léger tremblement. Il haussa les sourcils pour inviter l'autre à poursuivre.

— J'ai beaucoup hésité avant de venir vous voir. Je me demandais s'il était nécessaire de remuer... ça. Et puis vous n'avez pas été facile à trouver...

Elle avait prononcé ces derniers mots d'une voix faible, presque inaudible, sa tête légèrement penchée sur le côté, et son regard avait glissé le long du bureau jusqu'au linoléum marbré.

Artus ferma les yeux.

Les murs verts ondulaient.

La flamme noire, devant lui, faisait trembler l'air de la pièce.

Il avait mal au cœur.

Sa tête pesait lourdement sur ses pouces, et il éprouvait quelques difficultés à la maintenir en équilibre.

— Je suis venue vous raconter une histoire, docteur. Celle d'une petite fille qui n'aimait pas sa mère. Non. Je commence mal. Celle d'une fille qui détesta sa mère après l'avoir beaucoup aimée. Je m'appelle Camille. Ma mère, Béatrice.

La main de Camille fut avalée par sa grande bourse de cuir noir, dont elle sortit un paquet de Craven.

Une seule quille, effleurée, peut abattre l'ensemble d'un jeu : Artus sentit qu'il allait se trouver obligé de modifier l'emploi du temps de sa soirée, et que ce décalage risquait, par une incontrôlable réaction en chaîne, de bouleverser sa vie.

Un silence mauvais gonflait dans la pièce. Artus se leva, ouvrit la fenêtre, constata que c'était inutile, la referma.

Il se retourna, s'adossa au mur, inspira profondément.

— Elle ne m'avait jamais parlé de vous.

8

Camille raconte.

Un feu qui brûle quand on s'en éloigne : c'est sa mère.

Camille a cinq ans, neuf ans, dix. Le feu éclaire tout. Aucune ombre où se reposer. Rien à inventer, ni couleurs ni lumières — tout est là, déjà ; elle n'a pas besoin de construire le monde. Camille est heureuse de cet emprisonnement. Elle est heureuse, elle rit, elle vit dans l'air tremblant et doux qui auréole Béatrice.

Cependant, on ne raconte pas une enfance. C'est elle qui se raconte, non dans le brouillard des mots, mais dans la forme du visage, dans le mouvement des mains, dans le regard qui fuit ou qui cherche, dans chacun de ces innombrables et précieux faux pas de l'enfant devenu adulte, laissant entrevoir une vérité qui rechigne à l'oubli : cet enfant que nous avons été, que nous sommes, que nous serons, que nous passons notre vie à regretter ou à espérer, et que nous habitons.

Artus est un professionnel de la chair, de la

peau. Il écoute Camille parler, mais le corps de la jeune fille lui apprend davantage que ses mots. Comme tous les patients qui défilent ici, Camille parle d'une maladie qu'elle ne connaît pas.

Artus laisse parler. Il écoute les corps.

Il a l'habitude. La voix éraillée ou sans souffle, la peau jaune ou ivoire, lâche ou tendue, le regard mouillé, les veines s'entortillant le long des avant-bras comme des lianes ou déroulant dans une chair de lait leur fine chevelure bleue, les mains impatientes ou résignées, les odeurs aussi, aigres, sucrées, odeurs tristes ou inquiètes des corps en panne, avec parfois un sourire furtif de citron ou de musc — tout est signe, tout est message, de la coiffure jusqu'aux souliers. Artus décrypte les corps comme des énigmes, les corps laissés sans surveillance derrière l'écran des phrases.

Camille parle d'une maladie nommée Béatrice. Vincent observe le corps de la jeune fille pour ne pas entendre le bruit des mots qui tombent sans discontinuer comme des pierres le long d'une pente.

Mains de Camille voletant sur ses genoux. Entre ses doigts, les cigarettes se consument ; elle ne les porte presque jamais à sa bouche. Le regard est franc, les lèvres dédaigneuses quand, entre deux phrases, elle fait passer son chewing-gum d'une joue à l'autre ; les épaules bien rejetées en arrière, le buste tendu, les jambes croisées et décroisées : tout en elle dit la bravade et le manque de caresses jamais comblé.

Vincent tombe, lui aussi, le long d'une pente sans fin. C'est toujours, bondissant d'une mémoire jamais refermée, le même raclement de pierres, la plainte interminable, le corps de Béatrice qui se décompose en éclats de poussière et de sang dès qu'il s'en approche, pour se recomposer, un peu plus loin, inaccessible et désirable victorieux sous les cailloux tranchants.

Le silence arrive enfin. Mais il est trop tard, et Vincent Artus n'a pas besoin de regarder sa montre pour savoir qu'il ne lui sera plus possible de rattraper le décalage de son emploi du temps.

Maintenant, Camille le précède dans le couloir. Le grand sac qu'elle a jeté par-dessus son épaule bat dans son dos.

Derrière la porte vitrée coule, paisible, la rue de l'Espérance.

9

Pumb ne répondit pas. Il était encore sous le choc, fiévreux, ébouriffé. Le rouge de ses yeux paraissait terni, formant un mince halo autour de ses prunelles.

— C'est tout ce que ça te fait ? Je te dis qu'elle est revenue.

L'oiseau pencha légèrement sa tête sur le côté, fermant à demi les yeux avec une expression lisible d'épuisement et dégoût. Revenu de tout, il se sentait capable de résister aux tortures les plus raffinées. Il se contentait de savoir que sa seule présence constituait pour Artus un reproche permanent et inextinguible. Elle n'était pas revenue, il le savait bien. Elle ne reviendrait pas. Ils étaient condamnés à vivre ensemble, sans elle, dans une haine tendre et amère, une affection nourrie de remords et de fiel. Il lisait quotidiennement, dans les yeux de son maître, de vaines tentations. Un geste eût suffi pour transformer le perchoir déserté en une quelconque patère — un geste : une fenêtre ouverte, sur une route secondaire, et une boule de plumes blanches lâchée à la volée dans l'hiver noirci de corbeaux; une tête d'oiseau plongée dans un lavabo plein, jusqu'à la montée de trois bulles à la surface; un sac en plastique jeté négligemment dans une poubelle municipale, contenant un corps de volaille non plumé et la coupelle encore à demi pleine de mort-aux-rats (peut-être une des longues rectrices roses serait-elle tout de même conservée pour décorer l'habitacle, suspendue au rétroviseur). Les idées ne manquaient pas, ni l'envie de les mettre à profit. Mais l'homme est faible, et Pumb, dans sa malignité de bête parlante, ne l'ignorait pas.

L'homme, parfois, pleurait, suppliant l'oiseau d'oublier, de ne plus le fixer de son œil rouge sang. A d'autres moments, c'était au perroquet de se sentir envahi d'une mélancolie poignante; dépourvu de glandes lacrymales, il s'arrachait des plumes avec le bec et les pattes.

— Tu ne me crois pas.

Vincent soupira.

— Tu as raison, elle n'est pas revenue. C'est sa fille.

Pumb redressa la tête.

— Et tu ne devineras pas ce qu'elle voulait, ajouta Vincent en passant avec douceur son index sur le bec de l'oiseau.

Il fallait sortir le camion du parking avant la fermeture. Artus alla se garer dans l'impasse du Chef-de-la-Ville, un de ses emplacements favoris, petit coin paisible de banlieue en plein treizième arrondissement, à deux pas de la gare de triage.

Une fois installé, il sortit une bière du réfrigérateur et s'allongea sur la banquette.

— Elle m'a fait peur, tu sais... Elle lui ressemble trop. Et tout ce noir, ce regard qui mord... J'aurais dû la renvoyer, bien sûr. Jouer le veuf inconsolable. Après tout, c'est ce que je suis, non ? Impossible. Sa voix, sans doute... Ce sont des choses qui te dépassent. Je crois que je suis en train de faire une bêtise, mon vieux Pumb. Je ne devrais pas la laisser entrer dans notre vie. Arrête de me regarder comme ça.

Artus se leva, arpenta silencieusement l'espace réduit de la carlingue. Il étala de la confiture sur une biscotte, en tendit un morceau au perroquet, qui s'en empara du bout du bec, en maugréant.

— Tu ne me demandes pas ce qu'elle fait ? Tu ne me poses pas de questions ?

Vincent aimait par-dessus tout ces longues conversations dans la tranquillité de l'habitacle. Il entendait Pumblechook lui répondre de sa voix tantôt ferraillante, tantôt flûtée, se laissant parfois aller à des péroraisons sur la supériorité des bêtes à plumes, ou à des homélies pleurnichardes sur les dangers de l'amour, qui rendaient son maître pensif. Mais ce soir, le perroquet, mal remis de sa crise, se cantonnait dans un silence maussade, grignotant à contrecœur les morceaux de la biscotte émiettée dans la coupelle.

— Tu sais ce que cherche cette fille, Pumb ? La vérité, tout simplement. La vérité. Tu peux

hausser les épaules. Elle me semble a
moyens de ses ambitions.

La nuit grondait sourdement autour du camion, roulait sa houle noire sur les terrains vagues, et venait clapoter dans l'impasse où tanguait, solitaire, la lumière du plafonnier.

— Elle a mis longtemps à me trouver. Elle est allée voir les policiers. Les braves gens voulaient la dissuader de remuer ces vieilles histoires. Ils ont dû lui répéter ce qu'ils m'avaient dit, tu te souviens : on ne retrouve pas la moitié des gens qui disparaissent chaque année... Et puis l'enquête « dans l'intérêt des familles », comme ils disent, est close... Mais cette tête de mule a fini par leur arracher suffisamment de renseignements pour retrouver ma trace, tu vois.

Artus revoit Camille. Tout ce noir qui s'amuse avec sa peau claire. Les mots cinglants pour parler de Béatrice, qui a abandonné le foyer lorsqu'elle avait sept ans, et disparu définitivement quand elle en avait treize. Camille veut solder les comptes. Elle veut savoir où est sa mère. Elle est sûre qu'elle vit, quelque part. Qu'elle dort, mange, rêve, chantonne, se coiffe au soleil devant une fenêtre ouverte.

— Elle trouve ça insupportable, bien entendu. Et tu sais ce qu'elle veut ?

Pumb renifla bruyamment, sans répondre. Artus se leva, accrocha au plafond le drap bleu qui servait à couvrir le perchoir pour aider l'animal à trouver le sommeil.

Il souleva le coin du drap. Pumb, estimant en avoir assez entendu, avait déjà rangé sa tête sous une aile. Artus laissa retomber le drap sur ses épaules : ils se trouvaient tous deux enfermés dans l'intimité de la cloche en tissu : on pouvait entendre battre à sept cents coups minute le cœur de l'oiseau, on percevait son souffle précipité. Artus souffla sur le plumage blanc.

— Tu sais ce qu'elle veut ? J'ai refusé, sois sans crainte. Que je l'aide à retrouver sa mère.

10

Elle revint. C'était un vendredi, quinze jours plus tard. Il faisait froid.

Seul dans le camion, sur le parking, Pumblechook dut la sentir approcher du dispensaire, car il fut pris soudain de longs frissons, et se mit à contempler de son œil rouge le vasistas entrouvert, avec une expression de mélancolie déchirante. A travers le plexiglas, il pouvait voir le ciel de Paris rouler une éternité de nuages.

Un coup, net et clair, à la porte du bureau d'Artus. Dans le camion, Pumb tressaillit.

Elle ne resta pas longtemps. Quelques secondes, tout au plus.

— Les consultations ne sont pas terminées. Je ne peux pas vous recevoir.

— Je repasserai plus tard, alors, dit Camille en concédant un demi-sourire.

Vincent s'accrocha mentalement à son programme du vendredi, le plus chargé de la semaine ; tout en essayant de dissuader du regard la jeune fille de s'asseoir dans le fauteuil vert, il gardait l'esprit rivé sur la cinquième fiche collée au pare-soleil : *18 h — Réu Sémione. Bilan/projets. 18 h 30 — Garer camion. Soins Pumb. 19 h 30 — Apéritif au* Petit Pompon. *Repas Sémione. 21 h — Pok.*

— Vers dix-neuf heures, vous voulez ? insistait Camille.

— Impossible. Et inutile. Je n'ai rien à vous apprendre, et je ne peux pas vous aider. Pourquoi ne vous occupez-vous pas de vos études, de vos amis ? A votre âge on a mieux à faire que de courir après des fantômes. Laissez-moi tranquille.

Artus affichait un air épuisé qui ne sembla pas émouvoir Camille. Le froid avait rougi ses pommettes, ses yeux brillaient, et un reste de fraîcheur se dégageait d'elle dans la touffeur du bureau. Elle portait une canadienne bleu pétrole, un jean, des gants de laine rouge. L'hiver mourant crachait sur Paris un vent humide, et les cheveux noirs de Camille restaient ébouriffés en mèches coléreuses. Elle ne bougeait pas, attendant une réponse, sûre d'elle.

Vincent la contemplait avec tristesse. Sa mère aussi avait été sûre d'elle. Béatrice arborait la même enfantine assurance, le même optimisme injustifiable.

— Je vous en prie.

Elle partit enfin, cédant la place à un vieux Cinghalais qui venait régulièrement se faire soigner l'âme par le bon docteur Artus : Vincent n'avait pas son pareil pour soulager, d'un silence expert, les ulcères de l'ego, les contractures du moi.

Les consultations prirent fin. Les malades du quartier ayant regagné leurs pénates pour y affronter deux jours sans docteur et sans dispensaire, Artus rejoignit Sémione dans son bureau pour la réunion hebdomadaire, à laquelle assistaient également les deux infirmières, une secrétaire et le tout jeune assistant social.

Lorsqu'il sortit, un peu plus tard, elle était là, de nouveau, dansant d'un pied sur l'autre sous le tilleul déplumé, le col de sa canadienne relevé, dans le vent glacial qui ramonait la rue de l'Espérance.

Artus, tête basse, s'engouffra sous le porche conduisant au parking. Quand il introduisit la clé dans la serrure de la portière avant, Camille se tenait à côté de lui.

Une lampe au sodium laissait suinter sur la cour sa lumière aigrelette.

Voix de Camille, « *vous ne voulez vraiment pas me parler?* », surprise ou déception. Vincent grimpa sur son siège, claqua la porte, mit le moteur en marche. Déjà, elle avait fait le tour du camion et donnait de petits coups impatients, de son index replié, sur la vitre de la portière du passager.

Artus recula brusquement, manœuvra pour sortir en marche avant, enchaînant des gestes machinaux qui le protégeaient (*18 h 30 — Garer camion. Soins Pumb. 19 h 30 — Apéritif* Petit Pompon. *Repas Sémione. 21 h — Pok.* La partie de cartes se prolongerait sans doute tard dans la nuit, peut-être même jusqu'au lever du jour, comme souvent. Sémione et lui se quitteraient sur un simple signe de tête, en bas du gigantesque immeuble en nougatine de la rue Clisson ; après quelques heures de sommeil, il passerait le restant de sa journée à tenter d'oublier que samedi est veille de dimanche).

Soudain la portière s'ouvrit sur sa gauche. Camille avait de nouveau fait le tour du camion, et se tenait maintenant dressée sur le marchepied, une main agrippée au volant. Des panaches de buée frétillaient devant sa bouche.

— Vous pourriez me répondre, au moins ! Et regardez-moi : on vous parle !

Artus ferma les yeux, et le temps se mit à s'étirer, selon la courbe familière des moments difficiles. Il sentit sur sa gauche, dans un frémissement, la main de Camille se poser sur le montant de la portière, l'ouvrir en grand, interminablement, prenant de l'élan pour la claquer avec plus de violence : dans quelques petites éternités, une paroi hermétique l'isolerait enfin de cette rage sautillante et bavarde. A l'abri derrière ses paupières, il pouvait remettre de l'ordre dans le programme de sa soirée, en attendant le choc de la portière. (Il irait se garer villa Auguste-Blanqui, pour changer. Ainsi, il n'aurait que quelques mètres à parcourir pour rejoindre le camion, cette nuit, après la partie. Il pouvait s'autoriser un léger retard au *Petit Pompon* ; Sémione attendrait. Ne pas oublier, surtout, de s'occuper de Pumb.)

Soudain, alors que la portière était encore à mi-course, un grand rugissement de plumes blanches vint exploser sur le tableau de bord. L'œil éberlué du perroquet fixait Camille. L'oiseau était victime d'une méprise bien pardonnable : ah oui, elle lui ressemblait. Le temps reprit son cours normal.

— Qu'est-ce que c'est que ça ?

— Pumblechook. Albinos. Il est très physionomiste, entre autres — répondit Artus, résigné, les yeux toujours obstinément fermés.

Quelques répliques plus tard, le camion roulait sur le boulevard Vincent-Auriol, en direction du pont de Bercy.

Boulevard Poniatowski, boulevard Soult.

Il allait falloir parler.

11

Le camion roulait au hasard, comme livré à lui-même.

Ils virent flotter le ballon scintillant de la Géode, à la Villette ; ils longèrent le canal de l'Ourcq, redescendirent vers le sud par le quai de Valmy.

Paris glissait autour d'eux dans un tremblement de lumières. Derrière, agrippé au perchoir, Pumblechook tentait de résister aux cahots, tout en gardant l'œil fixé sur la passagère.

— Maman déteste Paris. Elle s'y sent enfermée. Quand elle vivait avec moi, elle passait son temps à échafauder des plans d'évasion. Elle est comme ça avec vous aussi ?

— Partir était une de ses manies, oui.

— Vous parlez au passé, évidemment. Pour vous, elle est morte. Vous vous résignez. Dans le fond, vous ne l'aimiez pas vraiment. Elle n'aurait jamais réagi comme ça, elle.

Le camion s'était arrêté à un feu rouge. Camille regardait le visage du docteur Artus, traversé de saignées profondes et nettes, et surmonté d'un paquet de crin cendreux.

— J'ai eu du mal à vous trouver, vous savez. Quand elle a quitté la maison, Maman ne nous a rien dit. Ni pourquoi, ni pour qui elle partait. Comme une voleuse. Ensuite, elle revenait me voir presque en cachette. Comme une voleuse, oui. C'est une voleuse. Alors je veux la retrouver. Elle a beaucoup de choses à me rendre. Des années de vie. Je la retrouverai.

— Vous ne la retrouverez pas. Et si vous y parveniez, elle vous volerait bien davantage que ce qu'elle vous a déjà pris. Laissez tomber. Croyez-moi.

Camille, les pieds sur le vide-poches, alluma une cigarette.

— Vous êtes comme mon père. Il pense avoir posé une croix suffisamment lourde sur son passé pour pouvoir mijoter tranquille dans ses habitudes de vieux. Il faudrait que je fasse la même chose. Que je suive gentiment mon droit pour aller croupir d'ici quelques années dans un cabinet d'avocaillons, à régler des comptes de divorces, des drames de murs mitoyens, des tragédies de vide-ordures. Et devenir comme vous, le plus rapidement possible : confit dans la trouille et le renoncement. Merci bien.

— Vous seriez meilleur procureur qu'avocat, apparemment. Mais je n'ai pas l'intention d'engager la conversation sur ce terrain. Les conversations m'ennuient en général, et la vôtre en particulier.

Camille leva les sourcils, et sourit.

— C'est merveilleux de s'entendre aussi bien dès les premières rencontres. Je suis sûre que nous allons retrouver sa trace. Et puis vous me parlerez d'elle.

Vincent baissa sa vitre, laissant pénétrer dans l'habitacle un vent hargneux qui fit protester Pumblechook. Il fallait mettre un terme à cette promenade imbécile dans Paris, à l'absurdité de ce dialogue. Une alerte retentissait, de plus en plus pressante, pareille aux cris des chevaux affolés, dans la vallée d'Hayra, à l'approche d'un intrus. Artus glissait des regards étonnés sur cette adolescente venue installer près de lui son agressivité tranquille. Il revit la main noyée de Béatrice s'enfonçant lentement sous les pierres. 19 h 15. Il avait encore une chance de ne pas être en retard au rendez-vous avec Sémione. Arrivé sur le boulevard Bourdon, le long du port de la Bastille, le camion alla s'échouer en double file, près des voitures en stationnement.

— Sortez. Nous nous sommes fait perdre assez de temps mutuellement. Vous savez, il n'y a pas grand-chose à faire contre l'hérédité. Votre mère aussi était insupportable. Je suis content qu'elle ait disparu. Vous n'imaginez pas comme ma vie est devenue tranquille, depuis. Je vous en prie, faites-en autant. Disparaissez. Ne revenez plus jamais me voir.

Derrière lui, Pumblechook poussait de petits gémissements.

Camille observa Artus.

— Vous devriez changer de lunettes, celles-ci font un peu jeune.

Elle ferma doucement la porte. Artus ne la regarda pas s'éloigner.

12

Il ne la revit pas pendant quelque temps. Peu à peu, la silhouette de Camille disparaissait dans une brume rassurante. Etait-elle jamais venue ?

Oui. Il suffisait pour s'en convaincre d'observer Pumblechook : son plumage, en quelques jours, était redevenu vif et lustré comme au temps de la rue des Cinq-Diamants ; lorsque Vincent soufflait sur le duvet de son ventre à la recherche de ces minuscules poux gris que l'oiseau hébergeait volontiers, il découvrait une peau plus rose et souple que jamais, pareille à une peau de femme, alors que ce perroquet d'exception, après Hayra, avait perdu toute superbe pour devenir une petite chose terne et grisâtre, souvent enrhumée, abattue, essoufflée, avec des yeux de poisson malade, des articulations gonflées, et la tête trop souvent sous l'aile.

La vue de Camille avait suffi à rendre à son plumage sa splendeur immaculée. Il était de nouveau gai, malicieux, passait de longues heures, dans la journée, à tenter patiemment de reproduire la mélodie de *Tabula rasa*. Il s'oubliait même parfois à danser sur le formica de la table, et faisait des efforts pour ne plus apparaître aux yeux de son maître comme un reproche vivant, permanent, ineffaçable.

Artus, tout en se réjouissant de ces nouvelles dispositions, en supputait toutefois l'origine, et bien que l'ordre sans faille de ses journées eût été recouvré, il restait sous l'emprise d'une inquiétude que venait redoubler, comme chaque année, la mélancolie poignante et inexplicable du printemps naissant.

13

Car le printemps s'installait, et rien pour Artus n'était plus triste que le brasillement des jeunes bourgeons sur les tilleuls de la rue Bobillot ; rien plus déchirant que cette renaissance universelle, dont chaque regard lui apportait les signes, et dont il se sentait exclu.

Lui, Artus, ne renaissait pas. Aucune sève ne le faisait frétiller dans l'air acide. Aucune force ne le pousserait jamais à remonter des rivières, à traverser des continents en direction du nord. Ni à s'accoupler furieusement dans les buissons du square Blumenthal, derrière l'église Sainte-Jeanne-d'Arc ou dans les terrains vagues bordant le quai de la Gare, comme tous les animaux de l'arrondissement s'apprêtaient à le faire. Artus glissait sur une pente monotone où le printemps n'avait pas cours, s'enfonçant dans un brouillard de plus en plus dense, de plus en plus gris, et le pépiement redoublé des oiseaux le blessait, chaque année, comme une moquerie.

La nuit était tombée depuis peu. Sillonnant le quartier à la recherche d'un emplacement convenable, il n'avait pas remarqué qu'il était fidèlement suivi, depuis le dispensaire, par l'éclat d'un phare de scooter.

Il trouva une place inhabituelle dans la rue du Chevaleret, qui s'enfonce comme un égout entre deux haies d'immeubles, passant sous la rue de Tolbiac pour aller se jeter en contrebas dans le boulevard Masséna.

Il négocia péniblement un créneau. L'endroit étant assez fréquenté, il fut contraint de fermer les rideaux en prévision de la nuit. Il vaporisa longuement Pumblechook, le sécha, le nourrit. Il lui raconta sa journée, essaya de gagner ses bonnes grâces. Puis il s'allongea un moment, lut quelques pages et décida enfin qu'il était temps de se mettre en quête d'une croûte à casser. Après avoir mis l'oiseau sous sa cloche de tissu, il descendit sur le trottoir mal éclairé. A peine avait-il fait tourner la clef dans la serrure, il entendit la voix.

— C'est encore moi. Je n'osais pas frapper. Je voudrais vous emmener dîner.

Elle était là, contre le mur lépreux, assise en amazone sur la selle de son scooter.

— Vous êtes comme les moustiques, soupira Artus. Il suffit d'éteindre la lumière pour entendre à nouveau l'infernal zonzon.

— Je ne pique pas... Alors ?

— Alors quoi ?

— Alors, on y va ?

— On n'y va pas. On se dit gentiment au revoir. On se sépare. On ne se revoit plus.

— Vous n'imaginez pas comme je suis patiente. Ma mère en était tout étonnée.

— Dans la vie, savoir ce qu'on veut est le plus sûr moyen d'être déçu. Vous devriez vous laisser porter par le courant, suivre tranquillement les études que vous avez commencées, prendre le temps comme il se présente... Vous n'avez pas d'examens à passer, en ce moment ?

— Comment avez-vous dit ? Dans la vie, savoir ce qu'on veut... J'adore les sentences. Je sens que vous allez beaucoup m'apprendre. Je connais un petit bar où nous pourrions manger, pas loin d'ici.

Artus enfonça ses mains dans les poches de sa parka, comme pour en trouer le fond. Il se sentait envahi par une inquiétude sourde, due non pas tant à l'insolente opiniâtreté de la fille qu'à l'inexplicable et tout nouveau plaisir éprouvé à cette confrontation. Le danger était en lui. Il avait beau se savoir peu apte aux relations humaines, il avait beau en craindre chaque fois l'issue fatale et désastreuse — un seul Hayra dans sa vie, certes, mais combien d'obscurs naufrages, combien de fiascos impalpables ! — il ne trouvait pas, face à Camille, le courage de se préserver comme il savait si bien le faire d'ordinaire, ni la force de renoncer au plaisir insidieux de cette rencontre.

Lorsque le scooter remonta la rue du Dessous-des-Berges, il eut simultanément une pensée pour le brave Sémione et le sentiment, rassurant comme une évidence, d'être parfaitement ridicule. Il était assis derrière elle, à la place du passager, un casque trop petit posé sur le crâne, et ses mains se crispaient sur le porte-bagages pour ne pas avoir à toucher Camille.

Rue de Tolbiac, rue de l'Espérance : il comprit que le scooter arrivait, pour s'y engager, en haut d'une rue qu'il avait évitée depuis plusieurs années. Il voulut protester, mais le vent s'emparait de ses mots pour les jeter loin derrière eux.

L'engin dévala la chaussée, s'arrêta devant l'enseigne du *Passage des Artistes,* en bas de la rue des Cinq-Diamants.

14

Le patron, assis derrière son comptoir, écoutait attentivement la radio qui déversait en continu dans la petite salle un flot d'informations consternantes en provenance de tous les coins de la planète. Il secouait la tête en roulant des yeux incrédules, comme si à tout moment un obus égaré, venu de Bagdad, de Phnom Penh ou Manille risquait de s'écraser au beau milieu de son établissement.

L'omelette intacte se mit à refroidir en bavant dans l'assiette de Vincent. Camille, en revanche, mangeait de bon cœur, accompagnant chaque bouchée d'une gorgée de lait. Artus but sa troisième bière, qui acheva de lui couper l'appétit.

Camille mettait son silence à profit pour l'observer. Quand il l'examinait à la dérobée, il lui semblait lire sur son visage lisse et frais une moue de jubilation méchante.

Artus se sentait oppressé par la présence de milliers de fantômes arpentant en tous sens la rue des Cinq-Diamants : comme si un cinéaste diabolique projetait simultanément derrière la vitre du bar toutes les allées et venues qu'ils avaient effectuées, Béatrice et lui, au cours de leurs mois de vie commune ici. Il crut même entendre le premier sifflement de Pumblechook, alors tout jeune, porté en grande pompe dans sa cage, depuis la boutique de la rue Nationale, par un couple encore radieux.

Et France-Info avait beau s'appesantir sur les malheurs du monde, il n'entendait que le bruit de ces milliers de pas, ces rires, ces murmures, ces appels lancés depuis la fenêtre de l'appartement pour signaler qu'il n'y avait plus de pain.

Lui-même ne se sentait plus qu'une ombre parmi les ombres, un de ces fantômes à sa ressemblance, condamné à arpenter à jamais la rue des Cinq-Diamants, sans but ni trêve, et à croiser à chaque pas le souvenir triomphant de Béatrice.

Le repas s'acheva. Camille avait assuré à elle seule la conversation.

« Vous habitiez dans cette rue. Je me suis donné du mal pour retrouver vos traces, vous savez », dit-elle en reposant sa tasse à café vide.

Vincent ne répondit pas.

Il regardait, à travers la vitre, passer des cohortes d'Artus et de Béatrice. Certains se souriaient, se tenaient par la main; d'autres avaient les bras chargés de paniers, de paquets; mais le plus souvent ils marchaient à plusieurs mètres de distance, lui devant, excédé, et elle loin derrière, cherchant à le freiner en ralentissant le pas, cherchant à l'étouffer avec une invisible laisse, sachant qu'il finirait par se retourner et l'attendre, et qu'elle pourrait alors continuer de le harceler, de planter une à une les fines banderilles de ses reproches : Béatrice, telle qu'en elle-même, détestable, adorée, odieuse, indispensable.

Aveugle et sourde, aussi : elle ne voyait pas, dans ces yeux gris qui l'imploraient, passer les nuages d'Hayra. Dans le tapotement exaspéré de ces doigts sur un volet ou une carrosserie, elle n'entendait pas le galop des pottocks d'Hayra. Ni dans les raclements nerveux de la gorge de Vincent, celui des pierres schisteuses dévalant une pente d'Hayra.

Des dizaines de Béatrice passaient maintenant dans la rue : Béatrice dans tous ses états, dans tous ses éclats; mais aucun précipice ne les engloutirait jamais. Elles lui parlaient, même : et ce n'était pas avec la voix acide du remords, mais avec une mélancolie violette qui ne leur ressemblait pas.

Non, Artus ne connaissait pas le remords. Il se considérait comme un assassin du dimanche, un amateur sans génie ne faisant à sa corporation ni honte ni honneur. Il ne tirait nul orgueil de son impunité. Le meurtre ne l'avait même pas soulagé : Béatrice continuait, continuerait de le harceler, avec ou sans l'intermédiaire de Pumblechook, son agent ici-bas. Le meurtre n'était, dans sa vie, qu'une inutilité de plus, une fatigue surnuméraire.

Un jour, passant à pied rue Bobillot, il était entré dans l'église Sainte-Anne, reproduction miniaturisée du Sacré-Cœur de Montmartre. Avançant dans la nef toute vibrante du grondement des voitures, il avait aperçu le confessionnal et s'y était agenouillé.

Le bruit du petit volet, les craquements de l'habitacle en bois, l'haleine rance du curé : tout, brusquement, lui avait paru familier, rassurant, délicieux.

— Mon père, j'ai parfois envie d'étrangler ma femme, dit-il en pensant à la noyée d'Hayra qui depuis longtemps avait coulé à pic sous la pierre écumante.

— Qui ne se sent pas envahi, à certains moments, par les forces du mal, par des pensées mauvaises ? Qui n'a pas envie d'effacer ce que la réalité peut avoir de blessant ? L'important est d'accepter notre faiblesse, de nous fier au Seigneur. Vous avez confiance, puisque vous êtes venu lui parler, ronronnait le prêtre dont le visage gris flottait derrière les croisillons de bois.

— Et si je vous disais que je l'ai réellement tuée, mon père, que j'ai volé une brebis au berger ? Que je l'ai effacée ?

Les yeux du prêtre se mirent à papilloter.

— Je vous répondrais qu'il ne faut pas prendre à la légère les épreuves qui nous sont imposées. Qu'il ne faut pas jouer avec le sacrement de la confession. Que si vous vous étiez réellement rendu coupable de cette faute, la justice des hommes aurait précédé celle de Dieu, et que vous ne seriez pas ici. — La voix se faisait douce, presque caressante. — Je vous dirais que quelles que soient vos erreurs passées ou à venir, Dieu aime tous ses enfants. Vous êtes aimé.

Artus, venu ici chercher la malédiction, qui est le commencement du pardon, et non un amour dont l'évocation même lui faisait horreur, s'était enfui en insultant le prêtre.

— Vous rêvez ?

— Non, je pensais à vous.

La voix de Camille le ramenait d'un seul coup à la rue des Cinq-Diamants et à ses fantômes. Il se sentit las.

15

— Je peux entrer ?

— Non. Mon perroquet dort. Si nous le réveillons, il sera de mauvaise humeur. Vous n'imaginez pas ce que cela peut signifier.

— Vous pourriez m'offrir un café. Je ne resterai pas longtemps.

Artus se sentit traqué, désemparé. Jamais il n'avait été l'objet d'un tel empressement. Camille voulait pénétrer en force dans sa vie, et il ne savait pas se défendre. Il s'était accoutumé au confort de sa solitude. L'agression, soudaine, imprévisible, s'avérait d'autant plus difficile à parer. Même Béatrice, pour l'aborder, n'avait pas fait preuve jadis d'une telle franchise allègre de hussard.

Ils étaient sortis assez tôt du *Passage des Artistes*. Traversant à toute vitesse la place d'Italie, avec l'écharpe de Camille qui venait claquer sur son visage, Vincent avait espéré en être quitte pour un peu de frayeur. Mais arrivé près du camion, il fallut bien se rendre à l'évidence : l'autre ne lâcherait pas prise aussi facilement.

Le radiateur était resté en veilleuse, et il faisait assez doux à l'intérieur du camion. Camille enleva sa canadienne tandis que Vincent mettait de l'eau à chauffer.

— Finalement, je prendrai plutôt de ça, dit-elle en désignant la bouteille de Jack Daniel's posée sur le réfrigérateur.

Sans répondre, Artus éteignit le gaz et sortit deux petits verres du coffre situé sous un siège.

Elle portait un pull noir à col en V, moulant une poitrine qu'Artus n'avait pas imaginée si ronde et généreuse ; mais le plus étonnant était ce cou blanc et long, sans rides, sur lequel se dessinaient délicatement les anneaux de la trachée légèrement incurvée. Les traits du visage, le menton prononcé contrastaient par leur netteté tranchante avec la douceur du buste. Camille humait le bourbon sans y tremper les lèvres.

— Vous sentez bon, lâcha soudain Vincent, sans savoir pourquoi, et il se mit aussitôt à rougir affreusement.

La jeune fille blanche et noire appuya le verre contre son menton, et regarda Artus fixement, sans rien dire.

De temps à autre, le perroquet grognait sous sa bâche.

Les verres se vidèrent en silence.

La buée dégoulina le long des vitres.

Il fit de plus en plus chaud.

16

La rue Dieulafoy donne dans la rue Pape.

Fatalité, constata Sémione.

Artus et lui longeaient les adorables maisons à pignons d'ardoises, avec leurs grilles repeintes, leurs jardinets, leurs murs ornés de rosiers et de vigne.

Plus loin, des platanes faisaient la ronde autour d'un square minuscule. Les deux hommes s'y assirent, malgré la fraîcheur de l'aube.

Ils venaient de quitter l'immeuble de la rue Clisson, la pièce enfumée où circulaient les cartes et les verres d'alcool.

Le soleil se levait sur un samedi inquiétant et maussade. Les deux hommes échangèrent quelques monosyllabes, quelques soupirs et bâillements.

Et le dimanche serait pire.

Soudain, Sémione se lança dans un discours à l'intention des deux moineaux qui sautillaient près du banc.

— Artus est fatigué, annonça-t-il. Il devrait se

reposer, prendre des vacances, faire un voyage. Mais il préfère ne pas courir le risque d'être un peu heureux. Il vit avec un spectre, comprenez-vous. Ce sont des créatures jalouses, très à cheval sur le deuil.

Vincent sourit, ravi.

— Et savez-vous, mes amis, poursuivit Sémione, pourquoi le bon docteur est fatigué ? Sémione comprend ces choses. Un souci ronge Artus. Il se sent déchiré entre son spectre familier et ce souci nouveau. Lequel des deux est le plus beau, le plus envoûtant, le plus tentant, le plus atrocement aimable ?

Vincent ne souriait plus. Il les voyait, mère et fille, à deux pas devant lui. Camille, fraîche, souple. Béatrice, à demi effacée par la poussière d'Hayra.

Les moineaux venaient de tomber sur un gisement de miettes, à gauche du banc. Sémione tira une longue bouffée de sa Peterson et se remit à parler, d'une voix plus retenue.

— Le vieux fantôme et le jeune souci se ressemblent trop. Voilà pourquoi le docteur Artus devrait prendre des vacances. Avant que le souci ne se transforme à son tour en fantôme. Il faut se méfier des jeunes filles. Elles sont méchantes et maladroites. Elles cassent tout.

Ainsi, ni l'identité de Camille, ni la nature de son manège ne semblaient avoir échappé à Sémione. Mais que voulait-il dire ? Que savait-il exactement ? Artus, perplexe mais fatigué, décida de s'abandonner à la confiance absolue qu'il plaçait en Sémione. Il ne posa pas de questions.

L'amitié prend parfois de ces formes délicates. C'est un sentiment aérien, à mille lieues de la tauromachie amoureuse, de ses vociférations, de ses liquides et de ses flammes, un vouvoiement des âmes, un pas de deux discret et silencieux hors de la durée, sans déclarations ni serments.

Sémione le mettait en garde. Il avait sans doute raison, dans son intuition bienveillante. Mais qui est maître de ses actes, sur cette planète ? Artus décida de présenter prochainement Pumblechook à Sémione. Ils semblaient faits pour s'entendre.

17

Elle l'attendait parfois le soir, à la sortie du dispensaire. Ou bien elle venait boire un thé avec lui et Sémione, en début d'après-midi, bien que ce dernier, sans qu'elle sût pourquoi, partageât avec une mauvaise grâce ostensible l'eau chaude de son samovar et restât chaque fois muet comme une vieille carpe. L'hostilité du directeur lui importait peu. Elle-même n'était guère bavarde.

Pumblechook resplendissait comme jamais. Sans doute avait-il compris, après une première crise due à l'émotion ou à l'appréhension, que la nouvelle venue, malgré cette ressemblance bouleversante avec sa Béatrice, ne risquait pas pour l'instant de subir le même sort qu'elle. En passant dans la journée à côté du camion, on pouvait l'entendre s'égosiller sur son perchoir, chantant ou sifflant des airs joyeux tout droit sortis des cassettes d'Artus.

Vincent, quant à lui, se sentait moins inquiet. Son exaspération initiale avait fini par s'atténuer : Camille, prudente, ne parlait plus de sa mère qu'en de rares occasions. Artus n'en était pas pour autant complètement dupe ; il savait que tôt ou tard, la jeune obstinée reviendrait à la charge, qu'elle lui demanderait de nouveau de rechercher sa mère. Béatrice n'en finirait jamais de secouer sa gangue de pierre ; elle réapparaîtrait, hirsute, sanguinolente, avec au coin des lèvres ce petit sourire amer qui de son vivant, déjà, savait le rendre fou.

En attendant, il s'évertuait à ne pas trop laisser Camille mettre à sac l'ordre de ses journées, auquel cette première soirée passée avec elle dans le camion avait pourtant donné un coup funeste.

Que s'était-il donc passé, ce soir-là ? Rien. Quelques mots échangés, de longs silences, un verre d'alcool, et la certitude pour Artus qu'il faudrait un jour ou l'autre, enchaîné à cette fille, reprendre le chemin d'Hayra.

La présence de Camille ce soir-là lui avait certes tourné la tête, mais pas au point qu'il ne sût rapidement retrouver ses esprits et ses distances. En toute occasion, il affectait en sa compagnie les marques extérieures de la sérénité, voire de l'autorité. Quand elle lui téléphonait pendant ses consultations ou venait le voir au dispensaire sans avoir prévenu, il n'hésitait pas à la rembarrer, à la renvoyer à ses études et aux amis de son âge — mais elle n'en avait pas.

L'effet de ces réprimandes s'avérait, bien entendu, parfaitement nul. Elles n'offraient qu'un avantage, dans cette dangereuse situation : il perdait pied, mais gardait la face.

Un jour, elle l'invita à l'accompagner au cinéma. On jouait *Les Affranchis* à La Fauvette, avenue des Gobelins. Tout se passa comme à l'accoutumée : il refusa catégoriquement, pour se retrouver deux jours plus tard à l'entrée de la salle. Que tu es faible, mon pauvre Vincent.

Artus n'allait jamais au cinéma. Béatrice lui semblait présente dans chaque salle, elle qui pouvait instantanément citer une réplique d'Edwige Feuillère dans *L'Aigle à deux têtes,* prendre la pose de Joan Crawford noyée d'alcool dans *Humoresque,* ou reproduire les gestes sublimes d'insolence désespérée d'Annie Girardot dans *Rocco et ses frères* (comme elle le faisait d'ailleurs avec les personnages de la littérature, s'identifiant successivement, voire simultanément, à la Dame aux camélias et à Molly Bloom, à Albertine et à Cendrillon), donnant en permanence à Vincent l'impression qu'il ne vivait pas avec une femme, mais avec une foule.

Ils arrivèrent alors que le générique défilait sur l'écran, et durent s'installer dans les premiers rangs. Artus resta de glace devant la mirobolante démonstration de virtuosité cinématographique — tous ces meurtres grossiers, tout ce bruit, ce désordre ! — mais il sentait, à ses côtés, le corps de Camille traversé de soubresauts, de petits cris ravalés in extremis, de frissons, de hoquets. Et quand Robert De Niro s'acharna sur le corps d'un caïd tombé à terre, il fut clair que c'était elle qui recevait les coups de pied dans le ventre. Artus sentit soudain la main de Camille crispée sur la sienne, et elle ne se retira pas, même lorsque l'agonie de la victime fut effacée sous un mètre cube de bonne terre américaine, et que les meurtriers fatigués allèrent s'installer devant une platée d'œufs au bacon préparée par la maman de l'un d'entre eux.

Artus eut envie de fuir. Il se sentait écrasé par ces images tombant en avalanche, comme si l'écran n'en finissait pas de s'effondrer sur lui. Et comment fuir ? Il se trouvait coincé au milieu d'une rangée, et la main tiède de Camille le paralysait ; dehors, la pluie devait continuer à transformer l'avenue des Gobelins en un vaste canal sur lequel flottaient à la dérive des épaves luisantes. Un malaise atroce s'empara de lui. Il eut envie d'appeler Pumblechook au secours.

Les lumières se rallumèrent enfin.

Camille pleurait.

Ils se levèrent les derniers, rejoignirent le hall où une masse hésitante de spectateurs différait le moment de plonger dans l'avenue.

Camille, les yeux rougis, entraîna Vincent vers l'extérieur. Un parapluie fleurit par miracle au bout de son bras.

— D'où sortez-vous ça ? s'enquit Artus, maussade.

— Je l'ai pris à une dame qui l'avait posé contre la caisse. Elle va sans doute mourir d'une pneumonie. Désolée, c'était elle ou nous.

Des rafales violentes balayaient l'avenue. Ils s'engagèrent dans de petites rues. Artus marchait sans direction précise. Peut-être Camille en avait-elle une : il se contentait de se maintenir sous l'abri du parapluie qu'elle tenait haut comme un flambeau, tout en s'efforçant de ne pas la serrer de trop près.

— J'aimerais vous montrer où j'habite, dit enfin Camille, en s'arrêtant pour regarder Artus dans les yeux ; mais les lunettes de celui-ci étaient embuées : il avait oublié de les retirer après le film.

— Pas le temps, je dois rentrer. Merci. Et je n'ai rien à faire chez vous.

— Mais ce n'est pas loin. La concierge vous dénoncera sans doute, elle croit que je suis mineure. Mais je ne le suis plus, vous savez. Je veux juste vous montrer ma chambre. Venez, je vous dis. Faites-moi plaisir, pour une fois.

— Où est-ce ?

Camille se retourna, et montra du pouce le porche, derrière eux.

18

Un de ces escaliers parisiens tournant interminablement, pareil à celui d'un phare. Tout en haut, sous les combles, un étroit couloir longeait la première pente du toit, éclairée par trois lucarnes, et grondait sous la galopade furieuse de la pluie.

Artus suivait, à un mètre derrière Camille, la piste des gouttes d'eau que le parapluie refermé laissait tomber sur le sol de tommettes disjointes.

Camille n'avait pas peur de lui. Elle ne se retournait pas ; elle ouvrait calmement les deux serrures de la porte.

Elle ne craignait pas de sentir la froideur des mains d'Artus sur son cou blanc.

Il eût été facile à Vincent de faire éclater, à peine franchi le seuil et refermée la porte, ces cartilages délicats sous la peau de lait.

Pourquoi l'eût-il fait ? Pourquoi, plutôt, ne le faisait-il pas ? Il avait des raisons : tu me déranges, tu me pèses, tu m'inquiètes. Tu es un bruit. Il avait aussi, cependant, des motifs de ne pas le faire — la prudence, bien sûr, mais encore le manque de goût à tuer, la paresse devant l'effort, et un sentiment plus inattendu, presque imperceptible, comme une attente, une curiosité, un plaisir, face à cette nouveauté nommée Camille.

Par la fenêtre, on pouvait voir des toits, des murs, des cheminées, et une touffe de verdure : le Jardin des Plantes, peut-être, ou le square des Arènes. La mansarde était assez grande ; un lit à une place, un tapis, quelques étagères chargées de livres, une douche dans un angle, un évier, et une table placée non loin de la fenêtre. Un décor banal de chambre d'étudiant, telle que Vincent en avait connu beaucoup lorsque lui-même s'initiait à l'art de la médecine, vingt ans plus tôt — hormis un ustensile peu répandu à son époque, dont la vue seule lui inspirait une répulsion sans doute maladive : la télévision trônait au pied du lit, fixant sur lui son œil rectangulaire, et brandissant narquoisement vers le plafond une antenne double en forme de V.

Camille jeta son imper sur une chaise, alluma la télé, fit chauffer de l'eau et sortit deux tasses d'un placard.

— Je n'ai que du thé. Vous vous passerez de bourbon.

Il haussa les épaules, et tourna ostensiblement le dos à l'écran, sur lequel une équipe de pompiers sondaient un étang ou un canal. Le son était coupé, mais même sans la voir, il sentait derrière lui cette présence inlassable, ce flux pâteux de réalité déshumanisée qui se répandait sournoisement dans la pièce.

Camille installait sur la table tasses, sucre, cuillers, un paquet de biscuits ; tout en s'activant, elle jetait de fréquents coups d'œil sur le téléviseur.

— C'est prêt, annonça-t-elle.

Artus, d'une pression sur le bouton, anéantit le sourire en porcelaine du présentateur.

— Vous n'aimez pas la télévision. J'aurais dû m'en douter, dit-elle en remplissant les tasses. Je vous en supplie, pas de sermon sur ce sujet. *Je sais.*

Ils se turent. Artus laissa son regard se promener le long d'une fissure du mur oblique, aller-retour.

De quoi était fait le silence de Camille ? Vincent avait beau l'ausculter : rien de palpable.

Il connaissait bien, en revanche, la nature du sien : gêne, agacement, familière envie d'être ailleurs.

On n'entendait que le ronron sourd des voitures, en bas, et le craquement des biscuits que Camille grignotait en scrutant le visage d'Artus.

— Vous avez bien fait de venir.

Le ton de sa voix n'avait rien d'enjoué.

— Vous ne parlez pas. Mon père non plus. Maman doit avoir un faible pour les muets.

— Pas vous ?

— Oh, moi. J'aimerais bien avoir des faibles.

Elle sourit en disant cela — mais quel sourire !

— Je ne vous imagine pas solitaire, pourtant,

tenta Artus. Vous devez bien avoir un petit ami, je ne sais pas, quelqu'un de la fac ?

— Vous me voyez sortir avec un futur juge ? Je me suis inscrite en droit pour me débarrasser de mon père, c'est tout.

Nouveau silence. Camille avait allumé une cigarette. La lampe d'architecte fixée à la table tremblait légèrement.

Une ombre dansait dans la pièce.

19

Paris tournait autour d'eux comme la roue d'un manège. Combien de temps restèrent-ils ainsi, immobiles et silencieux sous la coupole de lumière, dans cette chambre que les remous de la nuit faisaient vibrer ? Prudents — Artus regardant à peine la jeune fille —, hostiles presque — ignorant ce qui les avait menés à cet instant.

— Il faut que je vous montre quelque chose.

Camille ouvrit un tiroir, en sortit une boîte en fer contenant des photos en désordre, parmi lesquelles elle se mit à fouiller.

Artus regarda la photo glisser vers lui sur le plateau blanc de la table, entre les tasses. Camille, à huit ou neuf ans, dans le contre-jour d'une fenêtre aux persiennes mi-closes. Pas une ombre de joie sur ce visage aux grands yeux noirs — déjà cette moue sévère, cet air de reproche et de fureur tendue. Mais Vincent se sentait troublé moins par le sujet central que par ce qui l'environnait : sur quel paysage donnait la fenêtre ? On apercevait, par l'entrebâillure des persiennes, un haut mur sans ouvertures, que la surexposition portait à incandescence; une église, peut-être. Et qui tenait l'appareil? A qui s'adressait ce regard? Il ne posa pas de questions. Une autre photo arrivait.

Vues de dos, assises côte à côte sur un muret dominant la mer, deux femmes. Mêmes cheveux longs et noirs, retenus par un catogan. L'une, plus petite et plus frêle, a le visage légèrement tourné vers l'autre; sans doute est-elle en train de lui parler. On ne voit pas les mains de Camille, probablement posées sur ses cuisses. Mais celles de l'autre femme sont bien visibles, sur le muret, tournées vers l'arrière, soutenant les bras tendus. Artus les a reconnues, comme il a reconnu ce dos, cette nuque, et ce débardeur rouge sans manches. Il approche le cliché de ses yeux : il veut distinguer ces mains, les veines saillantes, les doigts interminables, mais la vue n'est pas assez nette, ne sera plus jamais assez nette; il voudrait approcher la photo de son nez, comme si elle retenait captives des odeurs, quelque signe invisible. Cependant Camille l'observe, il sent qu'elle guette sa réaction. Il envoie la photo sur la table, où elle glisse en tournoyant.

Nouvelle image, et c'est une image de noces. Une vingtaine de convives, fin d'un repas, bouilles enluminées, yeux d'albinos rougis par le flash, pareils à ceux de Pumblechook. En bout de table, les mariés, debout, s'apprêtent à découper la pièce montée. La photo est un peu floue, et Vincent s'en réjouit. Il reconnaît tout de même le visage souriant, le bras gainé dans un fourreau de soie blanche. La tête du marié est méconnaissable : on lui a dessiné des moustaches de führer, des canines pointues, et des bouffées de vapeur jaillissent de ses naseaux.

Artus rend très vite cette photo, et d'un geste trop brusque : le rectangle de papier brillant traverse la table en un éclair, tombe sur le plancher.

Mal au ventre. Envie de sortir, de courir se réfugier dans le camion, de parler à Pumb.

Mais Camille veille, elle maintient sa prise serrée. Une autre photo arrive, plus grande que les précédentes. C'est un portrait en noir et blanc.

Artus, après Hayra, a détruit tout ce qui pouvait attester l'existence, dans sa vie, d'une femme nommée Béatrice : photos, lettres, objets, livres. Rien ne subsiste, hormis les souvenirs que sa mémoire s'acharne à réimprimer régulièrement. Et le perroquet, bien sûr. L'indestructible. L'œil.

Voilà que tout d'un coup Béatrice le regarde. Depuis quand n'a-t-il pas vu ces yeux ? Depuis cette nuit. Depuis ce matin. Depuis le film de Scorsese, tout à l'heure : c'étaient les yeux de la femme en furie venue faire une scène à son mari dans le parloir de la prison ; ceux du bandit se sentant mourir sous les coups insistants de poing et de couteau, pour avoir prononcé un mot maladroit ; ceux des passants courant sous la pluie ; ceux de Camille, enfin, qu'il fuit depuis son arrivée dans la chambre. Pas un jour, pas une heure, depuis Hayra, sans que Béatrice ne le regarde. Le temps a pris la couleur de ses yeux, limoneuse et noire comme les trous d'eau des tourbières.

La masse sombre des cheveux, rejetée sur un côté de la tête, s'écoule en désordre vers une épaule nue. Le visage est cadré de trois quarts, comme si Béatrice avait été surprise au moment où elle se retournait, ou comme si elle jetait un dernier regard vers l'objectif avant de s'avancer vers la blancheur du fond pour y être engloutie.

Quel âge a-t-elle ? Vingt-cinq ans, peut-être. La peau est lisse, presque sans rides, et la chevelure dépourvue de ces fils blancs qui se multipliaient dans les derniers temps.

Ce petit pli ironique au coin de la bouche, il ne l'a jamais connu. Qui était-elle, à vingt-cinq ans ? La mère d'une fillette déjà grande, qui lui ressemblait. L'amoureuse d'un homme dont elle se détacherait quelques années plus tard — l'auteur du portrait, peut-être. Une inconnue. Et pourtant, ce regard est celui de la morte d'Hayra, celui qui emportera pour dernière image celle d'Artus, bras tendus dans le geste qui l'anéantit : Artus immense, grandi par l'invraisemblance du crime, dressé au-dessus d'elle qui bascule, ses cheveux gris en auréole se perdant dans le gris des nuages roulant sur la vallée. Ce regard, déjà, est à lui, figé dans une éternité dont il est l'auteur. Pourtant, rien ne lui est plus étranger, rien ne l'exclut davantage. Une pensée fulminante s'abat sur Vincent : on détruit ce qu'on ne comprend pas.

D'un geste, il dissuade Camille de lui passer d'autres photos. Il pose le plus doucement possible, debout contre le sucrier, celle qu'il tient. Il la contemple un instant. Puis se lève.

— Vous partez...

Il ne répond pas, ne la regarde pas. Il va vers la télévision, la rallume, sort en refermant sans bruit la porte derrière lui. Les yeux de Béatrice, sur la photo, le suivent jusqu'au dernier moment.

20

— Halte !

En retard sur l'horaire de ses consultations, Vincent Artus passait au pas de charge dans le couloir du dispensaire lorsqu'il fut interpellé par Bruno Sémione.

Halte, quart de tour, gauche. Artus entra dans le bureau.

— A vos ordres. Mais vite.

— Docteur Artus, en vertu de l'autorité dont je suis investi, il m'appartient de vous faire remarquer deux choses.

— Dépêche-toi, Sémione, je suis en retard.

— Tu parles à ton directeur. Premièrement, donc. Le thé que j'avais préparé à ton intention commence à refroidir. Je te prie de le boire sur-le-champ.

Artus s'exécuta, et avala d'un trait le contenu de la tasse que Sémione lui tendait.

— Parfait, approuva l'autre en tassant du pouce le tabac de sa pipe. Secundo. Les visites d'ordre privé sont formellement prohibées dans l'enceinte de l'établissement. Le règlement intérieur ne le stipule pas de façon explicite, mais je compte pallier dès ce soir cet oubli par voie de note de service.

— Précise.

— Je précise, appuya Sémione en disparaissant derrière un nuage de caporal. Tu es attendu dans la salle de consultations, en ce moment même, par quelqu'un qui me semble jouir d'une santé resplendissante.

— C'est ?

Sémione confirma en fermant les yeux.

— Je ne peux pas. Vous le savez, pourtant, se plaignit Artus.

Camille referma le *Paris-Match* qu'elle avait pris au passage dans la salle d'attente.

— Il fallait que je vous voie. Vous êtes parti trop vite, l'autre soir.

— La salle d'attente est pleine. Ces gens sont pressés, fatigués. Il arrive même qu'ils soient malades. Voyons-nous à un autre moment.

— Toujours pareil. Je ne choisis jamais la bonne heure, le bon endroit. Ça ne va jamais.

— Camille, vous ne m'aurez pas comme ça. Vous allez sortir. Si vraiment vous voulez me voir, si vraiment vous avez une information importante à me communiquer, téléphonez-moi, nous fixerons un rendez-vous.

— C'est la première fois que vous m'appelez Camille.

Elle souriait, mi-victorieuse, mi-sarcastique.

Au coin de ses lèvres, le même pli ironique que Béatrice, sur la photo.

Quand Artus sortit du dispensaire, le soir, elle l'attendait comme prévu près du camion, jouant avec Pumblechook à travers la vitre.

21

— Ça devient une manie, chez toi, de parler aux oiseaux. On dirait saint François d'Assise.

— Tu parles bien avec ton perroquet, paraît-il. C'est toi-même qui me l'as dit.

— Mais ce n'est pas un oiseau. C'est un monstre, un fantôme. J'ai l'intention de te le faire connaître.

Sémione se tut. Ils marchaient lentement, en direction du *Petit Pompon.* Artus regretta de l'avoir interrompu. Les conseils de Sémione lui étaient précieux, même s'il avait besoin des moineaux pour les lui transmettre. Vincent Artus observa à la dérobée son unique ami : cheveux blancs coiffés vers l'arrière, grands hublots à monture d'écaille, veste en cuir battant sur ses flancs ; et la Peterson s'empanachant paisiblement comme une cheminée de datcha ukrainienne. Une image enviable de la sérénité, pour Vincent dont le système nerveux n'était qu'un enchevêtrement de câbles tendus à craquer. Peut-être aurait-il dû se mettre à fumer la pipe.

— Elle me traque, elle m'épie, elle me cherche. Elle est sans arrêt sur mon dos. Et pourquoi ? Ce n'est pas moi qui pourrai faire revenir sa mère, ni personne. Elle veut autre chose, sans doute. Mais quoi ?

Sémione réfléchit un moment avant de parler.

— Il faut que tu te débarrasses d'elle.

Artus eut un rire qui ressemblait à un hennissement.

— Il faut que je me. Bien sûr ! — nouveau rire, qui s'étrangla en une quinte piteuse. — Mais comment ? ajouta-t-il en coulant un regard prudent vers son directeur.

— Tu n'en as peut-être pas très envie. Sinon tu l'aurais fait depuis longtemps. Ce ne sont pas les moyens qui manquent. (Regard bizarre de Sémione, regard intéressé d'Artus.) Tu aurais pu la menacer, par exemple, d'aller te plaindre à son père.

Vincent, déçu, marmonna qu'il ne le connaissait pas, ni ne désirait le connaître.

— Dans le fond, la situation ne te déplaît pas tout à fait. Il est rare qu'une jeune fille s'intéresse avec autant de spontanéité et de ténacité à un vieux nomade sans le sou. Tu devrais peut-être l'épouser.

— Dis-le aux pigeons, ça les fera peut-être rire.

Arrivés au *Petit Pompon,* ils s'installèrent à la seule table libre, près du juke-box. Un quadragénaire à cheveux longs, en veste de daim à franges, mit deux francs dans l'appareil. *Be careful with that axe, Eugene.*

Se débarrasser d'elle. Artus sentit de nouveau les crampes d'Hayra dans tous les muscles de son corps — tant de pierres soulevées pour enterrer une image — des jours et des nuits de courbatures douloureuses : trop difficile, vraiment, trop épuisant et inefficace. Il faudrait trouver autre chose.

— Heureusement que je t'ai, soupira-t-il à l'adresse de Sémione, qui n'avait pas encore touché à son verre de Suze.

22

— Acceptez, Vincent.

— Ne m'appelez pas Vincent.

— Et comment voulez-vous que je vous appelle ? Docteur ? J'en ai assez que vous me traitiez comme une chipie capricieuse et collante. Je suis adulte, civilement, sexuellement, pénalement, irrémédiablement. Et je vous appellerai Vincent si j'en ai envie. Et je vais même te tutoyer, à partir de maintenant. Tu m'en empêcheras ?

Le dialogue se tenait à mi-voix, devant une toile de Texier, dans une galerie de la rue du Plâtre où Camille avait réussi à le traîner.

Artus, la peinture, les galeries, depuis Hayra : comme le cinéma.

Béatrice, dévoreuse de toiles en tous genres, n'ignorait rien des conceptuels, des néo-avant-gardistes, des abstraits lyriques, des nouveaux figurants, des néo-nouveaux et des post-décadents. (On n'en finit pas moins sous un édredon de cailloux.)

Derrière son bureau, affectant de lire *Art-Press*,

la gardienne de la galerie ne perdait pas un mot de leur conversation, offusquant Artus et son goût du secret.

— Alors, tu acceptes ?

— Arrêtez ! s'exclama Vincent. Arrêtez, reprit-il en un murmure. Allons-nous-en.

Camille voulut prendre le temps de contempler les tableaux en détail ; Artus, hors de lui, sortit de la galerie pour aller faire le pied de grue à l'angle de la rue des Archives.

Elle voulut ensuite aller à Beaubourg, monter au dernier étage, prendre un peu de hauteur. Pourquoi la suivait-il ? Parce qu'elle lui semblait plus belle encore que Béatrice, parce qu'il ne trouvait pas la force de refuser, parce qu'il aimait le jeu, parce qu'elle le délivrait de la solitude du camion et de la hargne de Pumblechook ? Tout cela, sans doute. Mais surtout parce qu'elle le forçait à revenir en arrière, à trouver les clés d'une vérité qui lui était devenue étrangère. Camille se présentait dans sa vie comme une fatalité suave.

Et il avait bien mérité de s'amuser un peu.

Avant-bras posés sur la rambarde, Camille, le menton dans les mains. En bas, sous un ciel de mai contrarié de nuages fantasques, Paris étincelait de tous ses toits vernis comme des coquillages. Tant de beauté déprimait Artus, ravivant le sentiment de sa propre misère.

— Elle est peut-être ici, tout près.

— Impossible.

— Qu'en sais-tu ? — Camille s'était redressée. — Il faut que tu m'aides, Vincent. C'est ma mère.

Le regard gris d'Artus errait sur ce crépuscule d'ardoises et de pierres. Il cherchait, vers l'horizon, la silhouette noire, massive, menaçante des Pyrénées, telle qu'on peut la voir quand on quitte Bayonne en direction de Cambo et de Saint-Etienne-de-Baïgorry.

— C'était votre mère. Si elle est morte, à quoi bon la retrouver ? Et si elle est vivante, c'est qu'elle a désiré tout abandonner. Nous abandonner. Croyez-vous être de taille à vous faire aimer par force ?

— Elle me le doit. J'ai dix-huit ans, je n'ai pas l'intention de partir dans la vie avec un sac à dos troué. Je commencerai par faire payer ceux qui doivent payer.

— Votre père, aussi ?

— Lui, il paye. Et il continuera.

Artus sourit.

— Il faut chercher. Aller partout où elle a pu aller. Je veux savoir, docteur Artus. Tu m'aideras ?

Vincent leva les yeux au ciel.

23

— Plus de lettres ?

— Non.

— Plus de photos, de livres, de souvenirs ?

— Rien.

— Mais ce n'est pas possible ! Il te reste forcément quelque chose, une trace ! Réfléchis.

— Tout détruit.

Assis sur un banc, face à la Seine.

Mais qui avait tout détruit, finalement ?

De Beaubourg, ils avaient regagné à pied l'autre rive pour s'installer dans le jardin Tino Rossi, peuplé de sculptures et d'oiseaux. Le temps, le manque d'amour, la haine de soi avaient tout détruit.

— Reste Pumblechook, bien sûr.

— Qu'est-ce que c'est ?

— Le perroquet. Il en sait long sur Béatrice, et sur la vie. Mais il est extrêmement réservé.

— Il faut tout reprendre au début. Du jour où elle a quitté la maison. Elle ne t'a pas connu tout de suite. Tu dois bien avoir une idée de ce qu'elle a fait, avant de tomber sur le docteur Artus.

— Aucune.

— Tu ne veux pas m'aider, c'est ça ? Dis-le une fois pour toutes !

— Elle ne me parlait jamais de son passé. J'ignorais même votre existence. Cessez de me tutoyer.

Camille ramena ses genoux sous son menton. Des péniches se traînaient au ras de l'eau. Elle posa la tête sur l'épaule de Vincent, ferma les yeux, et soupira.

24

Artus gara le camion impasse du Chef-de-la-Ville, où il savait pouvoir faire le grand ménage sans être dérangé. Un vent frais, ensoleillé soufflait sur Paris.

Il attacha la chaînette du perchoir à une patte de Pumb, et déposa le tout sur le bitume. *Le printemps est venu, comment, nul ne l'a su,* chantonnait-il en battant la moquette contre un mur.

L'oiseau méprisait ces crises périodiques d'hygiène. Il essayait, à coups de bec et de griffes, de déverrouiller l'anneau qui emprisonnait sa patte. De quoi avait-on peur, qu'il retourne au Gabon à tire-d'aile ? Il ne ferait ce plaisir à personne.

Tout y passa : le skaï des sièges et de la banquette, les parois de l'habitacle, l'intérieur des coffres. Artus replaçait la moquette lorsque Pumb émit un sifflement aigu : Camille venait d'apparaître au coin d'un hangar.

— Vous êtes en avance.

— J'avais peur de me perdre, je suis partie plus tôt que prévu.

Sur son perchoir, le perroquet faisait des grâces. Camille lui caressa le bec ; l'oiseau rendit la politesse en lui pinçant délicatement l'index avec un roucoulement de tourterelle. Agacé, Vincent rangea le perchoir à l'intérieur du camion et ferma la double porte arrière.

Périphérique, porte Maillot.

— Vous me guiderez, je ne connais pas ce coin.

Artus avait refusé de prendre le RER. Il n'aimait pas les transports communs. Un peu plus tard, le camion s'arrêtait à l'entrée d'une rue bordée de prunus enthousiastes.

Maisonnettes cossues, jardinets frais et nets, comme si le printemps, en bon bourgeois, s'était empressé de donner la primeur de ses soins aux quartiers résidentiels, afin de leur prodiguer une lumière plus distinguée qu'au tout-venant des faubourgs.

On gara le camion, afin de remonter la rue à pied.

Camille s'arrêta — c'est ici — devant une maison de construction récente : volumes cubiques, cylindres, baies vitrées à la Mallet-Stevens, l'ensemble dénotant une volonté de paraître ou d'imiter, plutôt que la recherche d'une harmonie.

— Mon père a fait construire ça juste avant de se marier.

— Il est riche ?

—- Héritage. Elle ne lui a pas coûté trop cher,

d'ailleurs : c'est un ami architecte qui l'a dessinée. Pour le reste, mon père s'est débrouillé, comme toujours. Il a dû ponctionner tous ceux qui avaient le malheur de passer à sa portée.

Ils déjeunèrent dans un restaurant de l'avenue voisine. Le sancerre aidant, Artus se prit à considérer l'existence avec un intérêt proche de la bienveillance. Il pensait à la maison cubique, au mariage de Béatrice, au voile qui se déchirait sur un passé jusque-là occulté. Il n'avait pas connu Béatrice. Il s'était contenté de l'aimer, et de la tuer. Il avait cédé à la facilité.

L'amour est une nuit, le meurtre en est une autre. Camille, avec son projet extravagant, lui laissait maintenant entrevoir une possible rédemption, un semblant d'aube. Tuer, c'est partir un peu. Il était mort, un peu, avec Béatrice. En enquêtant sur son propre crime, Artus se donnait une chance de retrouver le fil perdu de sa vie. Depuis Hayra, il était en gestation dans le ventre d'une morte. De l'air, enfin ! Et savoir pourquoi je t'ai tuée, Béatrice.

Le vin, le soleil au-dehors, la présence de Camille obstinément ressemblante à celle qu'il avait jadis aimée et désirée, et aussi — surtout, peut-être — le fait qu'on était dimanche, tout cela faisait rouler dans ses veines une euphorie chaleureuse, inespérée.

Il se frotta les mains, commanda un autre verre de lait pour Camille, et se servit le reste du vin.

— J'allais à cette école, en face.

Le visage de Camille s'assombrissait. Elle

regardait, derrière la baie vitrée, de l'autre côté de l'avenue, la cour cernée de tilleuls, les panneaux de basket, le bâtiment en pierre meulière.

Artus ne savait rien de cette vie-là. Béatrice avait accompagné sa fille chaque matin devant ce portail. Elle était venue l'y chercher, se tenant sans doute à l'écart des autres mères. Etait-ce bien la peine d'avoir existé avant moi, demanda Vincent à Béatrice, puisqu'il était écrit que j'aurais le dernier mot ?

25

Artus était à demi assis dans son lit. Il ne lisait pas, mais la veilleuse, sous l'étagère, restait allumée. Mains croisées derrière la nuque, il parlait à Pumb, qui n'avait pas été mis sous cloche pour la nuit. De temps à autre, une bouffée de vent venait se prendre dans les branches du platane, au-dessus du camion, et des gouttes par poignées s'abattaient en carillonnant sur la tôle du toit.

— La connaître, oui. Ne lève pas les yeux au ciel, je t'en prie, tu n'en sais pas plus que moi sur cette Béatrice-là. N'oublie pas que nous sommes allés *t'acheter* ensemble, elle et moi, rue Nationale, en décembre 84. Notre cadeau de Noël. Avant nous, tu n'étais qu'une étiquette sur une cage : perroquet albinos, Gabon, avec un prix marqué au feutre — d'ailleurs exorbitant. Tu ne connais même pas ton âge. Le marchand n'a pas su nous le dire.

Pumblechook eut un soupir d'exaspération. Il sauta de son perchoir sur l'évier, plongea sa tête dans le plat en grès rempli d'eau, s'ébroua en faisant gicler des gouttelettes jusque sur son maître.

— D'ailleurs le commerçant nous a signalé que cette blancheur dont tu tires une stupide vanité n'est qu'une maladie. Tu entends ? Tu n'es pas seulement ignorant, mon pauvre Pumb. Tu es aussi malade.

L'oiseau fit quelques entrechats d'une patte sur l'autre en ouvrant les ailes et en chantant, pour montrer sans doute à quel point il méprisait ce genre de railleries.

— Bref. Si tu me laisses parler, je te dirai ce que j'ai pu apprendre sur notre Béatrice. Elle s'est mariée, enceinte, à dix-huit ans, avec un reporter-photographe de trente-cinq ans. C'est le père de Camille, née quelques mois plus tard. Toujours en vadrouille, aujourd'hui encore. Quand elle veut le joindre, il faut qu'elle téléphone à son agence pour savoir s'il se trouve à Bangkok ou à Valparaiso. Il entretient tout de même sa fille, jusqu'à la fin de ses études. Il s'en tient là, en matière d'amour paternel. Elle ressemble trop à sa mère, et il ne peut pas s'empêcher de lui en vouloir, à elle. Nous autres humains sommes ainsi faits. Bien. Béatrice vit donc avec cet individu. Impossible de savoir si elle l'aime, le témoignage de Camille n'étant pas digne de foi sur ce point. C'est lui qui a fait le portrait en noir et blanc que j'ai vu l'autre soir, peu de temps avant qu'elle le quitte.

Artus s'était levé, il avait pris le perroquet, désormais silencieux, entre ses mains, pour le reposer sur son perchoir. Il alluma une cigarette, ouvrit le vasistas en grand pour laisser pénétrer l'air frais de la nuit.

— Tu ne parles plus, Pumb. Je ne t'entends plus, comme naguère, te lancer dans de longs discours. Tu ne me tiens plus compagnie comme tu savais le faire. Tu es devenu grincheux, insolent, cyclothymique. Autant vivre avec un corbeau...

Artus, soudain, se vit dans le reflet indistinct de la vitre : une momie, tenant inexplicablement entre ses phalanges un mégot rougeoyant. Il reprit son monologue d'une voix basse.

— Ils vivent donc, avec l'enfant, dans cette maison de snobs, en banlieue. Elle a vite trouvé du travail, dans le cabinet de l'architecte qui avait construit la bicoque, justement. Du secrétariat pour commencer, puis des tâches de plus en plus variées. Elle avait le don de se rendre indispensable. Mais le couple se dégrade rapidement. Lui, coureur égoïste, toujours absent. Elle indépendante, têtue, vindicative, tu connais. A vingt-six ans, elle a tout plaqué.

L'oiseau sauta sur le sol, puis entreprit l'ascension du perchoir avec de petits mouvements mécaniques. Une fois au sommet, il tendit le cou vers l'ouverture du toit, aspirant l'air à grand bruit.

— Nous avons déjeuné juste en face de l'école de la petite, sais-tu. Et après le cognac, je lui ai proposé d'aller voir son père.

— Tt, tt, fit Pumblechook.

— Pour commencer l'enquête. Elle s'est déclarée surprise : je lui avais dit que non, le père, pas question, que je voulais juste voir la maison.

De l'extérieur du camion, on pouvait distinguer une ombre remuant derrière les rideaux tirés, faiblement éclairés. De la fumée s'échappait de temps à autre par le vasistas ouvert sur le toit.

Depuis les fenêtres hautes des immeubles environnants, à peine devait-on apercevoir la silhouette trapue du véhicule, et de vagues lueurs palpiter aux ouvertures.

Un rapace nocturne, cisaillant à haute altitude le ciel de Paris, put entrevoir en un éclair l'œil rouge de Pumblechook tourné vers la lucarne, luisant comme une braise. Mais peut-être n'était-ce que le reflet d'un catadioptre. Peut-être le rapace lui-même n'était-il qu'une invention du perroquet.

26

— Je suis surprise : tu m'avais dit que non, mon père, pas question, que tu voulais juste voir la maison.

— Pour une fois, répondit Artus, qu'il est chez lui.

— Comme tu voudras. N'espère pas trop qu'il te parle de ma mère, en tout cas. La visite risque d'avoir un pur intérêt anthropologique.

« Sûr ? Tu n'auras pas mal ? » s'enquit une dernière fois Camille lorsqu'ils furent arrivés devant la porte, avec ce regard indéfinissable, entre compassion et sarcasme, qui, plus d'une fois, avait intrigué Vincent.

Il appuya lui-même sur la sonnette.

La porte s'ouvrit aussitôt.

— C'est toi, constata Belle, qui en réalité s'appelait Nadège.

— Papa est là ? Ah, je te présente Vincent Artus. Belle, ma marâtre.

— Ton père dort, il est fatigué. Tu as besoin d'argent, je suppose.

Camille sourit à Artus, d'un air de dire : « Non, elle est *vraiment* comme ça. »

Belle : lèvres et ongles peints couleur puce, rutilants, et pendentifs en matière plastique. Peau terreuse des grands fumeurs. Yeux châtains, cheveux cendre coiffés en brosse. Pantalon et gilet en cuir d'agneau, blouse de soie. Moue lasse et hautaine. Gestes tendant à l'élégance. Fume sans doute des Gitanes avec un fume-cigarette en écaille. Aime Jasper Johns, l'arche de la Défense, Woody Allen. Lit *Globe, L'Ane, Maisons et Jardins.* A souvent mal au dos, et le fait savoir. A persuadé son homme qu'elle ne l'abandonnerait pas, elle. S'accommode volontiers de ses absences continuelles. En tire une estime accrue pour sa propre abnégation. Stop. Artus, pensant avoir pris les mesures de Belle, la plia et la rangea dans un tiroir.

On vit alors le père descendre l'escalier, vêtu d'un peignoir jaune canari. On se présenta. On alla s'asseoir dans les fauteuils modernes et inconfortables du living. On se tut, on parla pour ne surtout rien dire. On regarda Belle servir le café et quitter la pièce.

— Alors vous êtes... commença Jef, qui en réalité s'appelait Georges.

— Oui, admit Artus à contrecœur.

— Papa, conclut Camille, M. Artus est d'accord avec moi. Il faut la retrouver.

Béatrice était là. Assise sur le banc laqué noir, près de la baie vitrée, ou arpentant la pièce, songeuse, regardant les prunus brasser l'air de la rue, et rêvant de départs.

— Comment as-tu pu épouser un tel porc ? lui demanda Artus avec mauvaise foi.

— Il n'est pas si mal, répliqua Béatrice, vexée. Et tu ne l'as pas connu il y a vingt ans.

— Il a de gros mollets. Il s'exhibe en robe de chambre. Il fume le cigare.

— Je le prenais pour un aventurier, dit Béatrice. Je n'avais qu'une idée, partir. J'ai toujours aimé partir. Il était vivant. Il était fort.

— Il avait de l'argent.

— Il me regardait.

— Il prenait des photos. Pourquoi le défends-tu ? Tu t'es laissé éblouir comme une midinette. Tu n'avais pas vingt ans. Il t'a prise sans difficulté, il t'a enfermée dans cette maison qui ne te ressemble pas. Que t'a-t-il donné de plus ?

— Un enfant. Il m'a donné un enfant.

— Ne me dis pas qu'il l'a fait exprès. Il s'est oublié dans ton ventre, et comme c'est un aventurier qui a le sens des convenances, il t'a épousée : robe blanche, pièce montée, sourires coincés, cousins de province. Ne nie pas, j'ai vu la photo.

— Tu ne sais rien, Vincent. Tu ne peux pas savoir. J'ai vécu vingt-neuf ans avant de te connaître.

— Toute une vie, oui, reconnut Artus, accablé.

Béatrice se dissolvait progressivement dans l'air de la pièce. Il ne percevait plus qu'une silhouette translucide et tremblante.

— Mais c'est moi qui t'ai rendue heureuse. Pas lui. Tu l'as vite quitté, ton fumeur de cigares.

Tu étais faite pour moi, pour nous, pas pour ce Narcisse flasque. Regarde-le : il ne t'a pas aimée.

— Il ne m'a pas tuée, fit remarquer Béatrice dans un murmure.

— J'ai tourné définitivement la page, déclara Jef en crachotant des morceaux de tabac restés collés à ses dents. Et croyez-moi, vous devriez en faire autant. Cette femme est sortie de ma vie de son plein gré, et sans me prévenir. Je n'ai jamais eu l'intention de lui courir après. J'ignore où elle est allée se fourrer, et cela m'est parfaitement égal, désormais.

— Tout de même, hasarda Vincent en regardant par la fenêtre.

— Je vous laisse discuter, annonça Camille.

Elle se leva, quitta la pièce.

— Méfiez-vous de ma fille, dit Jef. C'est une teigne, comme sa mère.

Ils aspirèrent de conserve ce qui restait de café dans leurs tasses, et se turent.

27

Camille quitte la pièce, abandonnant les deux hommes à leur face-à-face buté. Dans le vestibule, elle marque un temps d'arrêt : elle s'approche d'une porte, entend la voix de Belle — longs silences, débit tranquille des phrases, une conversation téléphonique entre amies, sans doute, qui a toutes chances de s'éterniser.

Camille monte l'escalier de béton, quatre à quatre. Entre dans une chambre. Ouvre une penderie. Fouille les poches. Ne trouve rien, va dans la salle de bains, rien, va dans le bureau. Sur le dossier du fauteuil, un blouson de cuir. Camille s'en empare, trouve le trousseau de clefs, redescend. Va au sous-sol, avec une halte au rez-de-chaussée pour vérifier que Belle est toujours en conciliabule et que les deux hommes, au salon, continuent d'échanger des borborygmes en scrutant le fond de leurs tasses. En bas de l'escalier, deux portes. L'une donne accès au garage. L'autre est surmontée d'une lampe rouge, éteinte. Elle essaie plusieurs clés, pénètre dans le laboratoire. Négatifs suspendus à des fils avec des pinces à linge, grands bacs en plastique, vides, à côté de l'évier, agrandisseur monumental, planches-contact épinglées au mur. Des étagères couvrent toute une paroi, remplies de boîtes d'archives portant des noms de pays ou de villes, des dates, des abréviations sibyllines. Camille ne prend pas le temps de regarder. Elle se dirige vers l'armoire métallique, trouve immédiatement la clé sur son trousseau.

Quelques instants plus tard, elle monte replacer le trousseau dans le blouson de cuir, revient au sous-sol, ouvre la porte du garage, sort à l'arrière de la maison.

Tout cela n'a guère duré plus de cinq minutes. A peine essoufflée, Camille est maintenant de nouveau au rez-de-chaussée.

Elle ouvre la porte des toilettes, tire la chasse d'eau et retourne au salon délivrer Vincent.

— Arrête-toi là.

Camille descendit du camion, ouvrit le portail situé à l'arrière de la maison, saisit la valise dissimulée sous l'arbre de Judée, rejoignit Artus qui démarra sans poser de questions.

Cette guerre du tutoiement commençait à l'amuser.

28

Sur la place Rouge, des milliers d'ingrats conspuaient un tsar transparent ; la Yougoslavie gesticulait au bord de la guerre civile ; au Zaïre on étripait des étudiants, des Palestiniens à Gaza ; un portrait signé Van Gogh se vendait quatre-vingts millions de dollars chez Christie's ; Luigi Nono mourait, Sammy Davis trépassait, Philippe Soupault s'éteignait ; six réchauffés traversaient l'Antarctique à skis ; les Mongols privatisaient leurs yacks ; la terre tremblait à Manille, frissonnait à Lima, s'enfiévrait sous sa couverture d'ozone mitée ; sans compter la salle d'attente qui s'emplissait imperturbablement dans le fumet caractéristique des jours de pluie : il en aurait fallu bien davantage pour empêcher Bruno Sémione, dans son bureau de la rue de l'Espérance, de sacrifier quotidiennement au rite du thé, et de contempler béatement l'écharpe blanche de vapeur s'agitant au-dessus de son samovar.

Ce jour-là, toutefois, il allait bien se trouver contraint de surseoir.

L'eau n'était pas encore chaude lorsqu'on frappa à la porte.

Un seul coup, net et clair.

29

Pour rentrer dans Paris, Artus prit la route de Neuilly à la Muette, à travers le bois de Boulogne. Il déposa Camille en bas de son immeuble.

Elle regarda le camion s'éloigner. Pumb, sans doute, secoué sur son perchoir, faisait une scène en piaillant désespérément vers elle ; et Vincent devait avoir mis une cassette à plein volume pour couvrir ses cris.

Elle resta un moment ainsi, immobile sur le trottoir, la valise à la main. Elle pensa à son père, qui serait fâché. Il aimait les reliques.

Une fois chez elle, elle posa la valise sur la table. Les serrures ne seraient pas difficiles à forcer. Elle n'y toucha pas tout de suite. But un verre de lait. S'allongea sur le lit en regardant la télévision, son coupé. S'endormit. Se réveilla pour voir des enfants courir dans un village en flammes.

Se leva, s'approcha de la table. Valise à soldats, en ferraille. Pour protéger quoi, ces grosses serrures. Les reliques de maman.

Le père ne l'a jamais ouverte, c'est sûr, il la

conserve afin de pouvoir la lui balancer méchamment au cas où elle reviendrait, tiens, tu as oublié ça, prends-la, va-t'en ; et puis il aime cette idée que le passé peut se ranger dans une valise en fer bien hermétique : de temps à autre il doit ouvrir l'armoire du labo-photo, et jeter sur la valise un regard sarcastique et vengeur, comme si Béatrice s'y trouvait prisonnière, payant d'un sortilège sans remède son trop puissant désir d'absence.

Camille prend un couteau dans un tiroir, l'approche d'une serrure, soupire, pose le couteau. Tourne deux ou trois fois autour de la table. Enfile sa canadienne, sort en claquant la porte.

Elle rentre tard, il fait nuit. La chambre ondule dans la clarté liquide de la télévision.

Elle s'assoit à la table, allume la lampe d'architecte.

Quelques minutes plus tard, dans le cône de lumière dorée, elle penche son visage sur la valise ouverte : une sorcière scrutant le fond de son chaudron.

Y a-t-il une mère, dans ce fatras de lettres, de clés, de papiers, de petits objets morts ? Va-t-elle se matérialiser soudain dans un nuage de vapeur, comme un ordinaire génie ? Ou continuera-t-elle à n'apparaître que par bribes glaciales et dédaigneuses, la Béatrice qui traînait sa fille comme un fardeau, l'emmenait dans des bars enfumés, au milieu d'adultes qui riaient fort, la laissait seule des après-midi entières, oubliait parfois de venir la chercher à l'école ou à la sortie des cours de piano ?

Béatrice avait déposé en elle ce caillou dur et froid qui l'alourdissait.

Une aube de lait humectait la fenêtre quand Camille se réveilla. Sa joue, qui était restée posée sur les papiers épars et les photos, garda longtemps les marques rouges du sommeil.

30

Ah oui, elle lui ressemblait. Ce même regard qui vous dissuadait de jouer au plus fin. Ces lèvres effrayantes, rouge incendie. Béatrice, en somme, telle qu'il se la rappelait, attendant Artus dehors à l'heure de la fermeture, refusant d'entrer dans le dispensaire pour ne pas le voir, lui, Sémione. Les femmes me sont contraires, déplora-t-il en s'apprêtant à affronter le jeune souci de Vincent, cette Camille noire et rouge, s'apprêtant à jouer, malgré tout, avec elle, et par force, au plus fin : il avait d'emblée lu sur son visage l'annonce d'un ennui.

— Vincent n'est pas arrivé. Voulez-vous du thé, en attendant ?

— Un café, volontiers. C'est vous que je voulais voir.

Un café. L'affaire s'engageait mal. Sémione exhuma un bocal plein d'une poudre noirâtre agglomérée par l'humidité, léguée par un stagiaire.

Les bols fumèrent. Camille alluma une cigarette qu'elle laissa se consumer seule. Entre eux, le silence forma un bloc vibrant et compact. Elle ressemble à un oiseau, se dit Sémione. On eût dit, en effet, un de ces toucans noirs au bec flamboyant, ou quelque oiseau de feu échappé du rêve d'un ornithologue — soie du plumage, dureté de la corne, éclat des yeux. Elle parla, comme tous les oiseaux finissent par le faire quand on leur accorde trop d'attention.

— Je cherche ma mère.

— Nous en sommes tous là, fit Sémione, nostalgique.

— Vincent vous en a sans doute parlé. Peut-être même vous a-t-il confié des renseignements qu'il refuse de me donner.

— Artus est fragile. Vous allez me le casser. Vous êtes trop assidue. Je vous vois souvent ici, ce n'est pas bon pour lui.

— A vrai dire, vous m'intéressez autant que Vincent Artus. Vous aviez l'habitude de voir ma mère, autrefois, vous aussi. Il paraît qu'elle me ressemble.

Sémione observa un silence, mais n'y vit rien qui pût le sauver.

— En effet, elle venait le chercher, comme vous. Insistante, elle aussi. La différence, c'est qu'il semblait en être heureux. Je dis : semblait, car contrairement à ce que vous croyez, mon confrère Artus ne me fait pas de confidences.

— D'ailleurs, vous n'auriez aucune raison de me les transmettre. Je ne suis pas venue pour ça. Ne me parlez pas de Vincent, je m'en débrouillerai. Parlez-moi plutôt d'elle.

— Que voulez-vous savoir ? Je ne comprends pas.

— Vous comprenez parfaitement, dit Camille en écrasant son mégot dans la pipe posée devant elle, sur le bureau. Vous n'allez pas vouloir, vous aussi, m'empêcher de la retrouver ? Aidez-moi, vous qui savez tant de choses.

Sous l'imploration, la menace pointait. Sémione se sentait las de trop de science. Parler, encore. Rien au monde n'est plus futile ni plus dangereux.

En lui, des secrets pesants et mal arrimés : il ne fallait pas bouger. Cette écervelée débarquait avec son envie de savoir, son envie de mère, son envie de mots, comme si chacun n'était pas en devoir de composer avec ses propres manques. L'âge, dans tous les cas, est la pire des excuses.

— Qu'imaginez-vous que je puisse savoir ? Connaît-on jamais quelqu'un ? Ni quelqu'un, ni soi-même, atermoya Sémione, qui n'avait pourtant pas étudié chez les frères.

Camille attendait la suite, patiente.

— Comment savoir, poursuivit-il, ce qu'ils ont vécu ? Artus et votre mère avaient la passion du secret.

— Je me suis sans doute mal exprimée, docteur. Je ne vous demande pas de parler de Vincent, ni de ses rapports avec ma mère. Le plus simple serait de commencer par le commencement. Racontez-moi. Quand vous l'avez connue, et comment... Vous voulez bien ?

Le visage de Sémione se durcit. Cette gamine était endiablée. Il regarda furtivement sa montre. Artus arriverait bientôt pour interrompre cet interrogatoire. Que voulait-elle, au juste ? Que savait-elle ?

— Avant de vous répondre, je voudrais vous demander de rester discrète sur le contenu de notre conversation. Le tact ne semble pas être votre obsession première, et je regretterais qu'Artus vienne à être blessé par tout propos que je pourrais tenir concernant votre mère, et qui lui serait maladroitement rapporté. Vous voulez sans doute du café, ajouta-t-il après avoir repris son souffle.

Camille opina du chef, légèrement irritée.

— Comme je vous le disais, je n'ai pas connu votre mère.

L'autre secoua la tête, réprobatrice.

— Mais je l'ai beaucoup observée.

Camille s'apprêtait à tirer une photo de son sac, afin d'abréger ces fastidieux prolégomènes, lorsque la porte s'ouvrit.

— Le thé est prêt, j'espère ? demanda Vincent, affectant, après un temps d'arrêt, de ne pas voir Camille, assise, en conversation intime avec son directeur.

— Il y a même du café, annonça Sémione, tout miel.

31

— Des papiers très intéressants. Je t'en ai apporté un.

Artus avait sorti du petit réfrigérateur une bouteille de lait, achetée en prévision de sa visite, et l'avait posée avec un verre devant Camille.

— Tu ne me demandes pas d'où ça vient ?

Vincent fit non de la tête.

— De la valise que tu m'as aidée à voler chez mon père, répondit-elle.

On entendit Pumb gratter du bec le fond de sa coupelle vide.

« Par-devant Me Guillaume Mainfroide, notaire à Neuvy-Saint-Sépulcre, soussigné, ont comparu : M. Emile Ciron, né le 15 octobre 1901 à Mézières-en-Brenne, Indre... »

Le regard de Vincent glissa un instant par-dessus la monture de ses lunettes, en direction de Camille, avant de réintégrer son double foyer.

« ... célibataire... et Mme Béatrice Cency, née le

17 février 1954 aux Fosses-d'Avant, Indre, épouse de Georges Passerat, mariée sous le régime de la séparation des biens... »

— Je dois lire jusqu'au bout ?

Camille fit oui des paupières.

« ... a décidé de vendre... terrain avec maison d'habitation en bordure de l'étang dit du Greffier, commune de Rosnay-en-Brenne... »

Devant les yeux d'Artus, un paysage commençait à se crayonner sommairement : une ligne de peupliers, l'étang au creux d'un vallon, une petite maison de pierre à toit d'ardoises, et dans le ciel quelques corbeaux, pour le mouvement.

« Lecture faite, les comparants ont signé avec le notaire. »

— Vous avez beaucoup de documents de cet ordre ?

— Quelques-uns, oui. Mais je ne peux pas tous te les montrer. Secret de famille. Il vaut mieux laisser les cadavres dans les placards.

L'image déplut à Vincent, qui avala une gorgée de bourbon.

— J'ai trouvé des clefs, avec l'acte de vente. Il devrait y en avoir deux trousseaux, c'est indiqué sur le porte-clés. Il n'y en a qu'un. Vincent, elle est peut-être là-bas.

— Non, répondit-il en posant son verre. Non.

Catégorique, mais réticent à argumenter, il hésita à nier une troisième fois. Il le fit. Pumblechook chanta.

— Elle a acheté cette maison en 1978, à l'insu de mon père. J'en ai ignoré l'existence jusqu'à maintenant. Elle nous a quittés en 80. Tous ces voyages qu'elle faisait, les derniers temps, ces déplacements pendant lesquels elle me laissait chez une gardienne... En fait, elle allait là-bas... J'en suis sûre, Vincent. Je le sais.

Camille le plongeait dans un trouble dont le plus exaspérant était d'en ignorer la cause : sa ressemblance avec Béatrice, sans doute, une Béatrice de dix-huit ans venue reprendre son dû, sûre d'elle, sans indulgence, décidée à aller jusqu'au bout d'un impénétrable dessein ; ou encore la généreuse fraîcheur de ce corps qu'il sentait presque vibrer, à quelques centimètres de lui, dans l'exiguïté de l'habitacle, ce corps dont il pressentait la rondeur et la souplesse, dont il percevait l'odeur d'herbe, la vigueur, l'exacte adaptation de la peau et des muscles aux nécessités du mouvement, ce corps trouvant d'emblée dans l'air une place idéale, comme une exclamation de chair dans la phrase du temps ; ou peut-être, plus sourdement, l'appréhension de devoir la punir un jour d'être cela, d'être cet embrasement frais de vie, qui l'accusait.

Mais le trouble d'Artus ne prenait pas encore consistance dans une formulation aussi précise. Vincent se trouvait pour l'heure aux prises avec une autre sensation étrange, liée non pas à Camille, mais aux dates qu'elle venait d'évoquer : la maison achetée en 1978, le départ de chez son mari en 1980. Trois ans donc avant la danse nuptiale avec Artus et la nidification rue des Cinq-Diamants, en 1983. Trois ans de nomadisme fantomatique, sur lesquels même Camille paraissait manquer d'informations. Disparue, déjà. Une sorte d'entraînement à l'absence, de préparation à l'effacement. Elle n'avait pas légué ce don à sa fille.

Artus but un verre d'eau. Il fallait maintenant qu'elle lui demande de l'accompagner là-bas. Il fallait qu'il refuse cette proposition absurde. Il fallait qu'il la dissuade d'aller plus loin sur le périlleux chemin de la connivence avec lui. Il fallait, pour finir, qu'il accepte.

32

Le ciel, à l'ouest, se teintait de groseille, et toutes les formes se détachaient plus nettement dans la lumière acidulée du crépuscule. Artus et Sémione marchaient sans hâte le long du quai de la gare. Peut-être intimidés l'un et l'autre, ils avaient décidé de se promener un peu, avant de rejoindre le camion.

Car Vincent, quelques jours plus tôt, s'était décidé : il inviterait Sémione avant de partir. Avec Camille. Pour enquêter. Disait-elle. Dans la Brenne. S'ils partaient.

Après tout, il n'avait rien promis.

Ils longèrent la brasserie *Chez Nuon Ly,* dont il ne restait que la façade, ouverte sur des décombres : hangars éventrés, ferrailles tordues, hectares dévastés où s'élèverait bientôt la Bibliothèque, le grand frigorifère de l'esprit français. En attendant, quelques indigènes avaient allumé des feux d'inspiration polynésienne dans des cratères du remblai ; d'autres, allongés sur le dos, la tête posée sur un parpaing, attendaient en chantant l'arrivée des premières étoiles. Derrière des palissades défoncées se trouvaient garées les roulottes d'un cirque; l'une d'elles, frites et beignets, arborait la prometteuse enseigne : *Chez Ramuz et Stravinsky*. Des hommes poussaient, Dieu sait vers où, une girafe en carton montée sur roulettes. Tout cela vous avait un petit air d'aimable apocalypse qui accentuait l'aspect lugubre de l'autre rive, tellement propre désormais.

Après une longue marche ils furent soulagés d'arriver impasse du Chef-de-la-Ville, où le camion les attendait.

Artus avait fait le ménage avec soin, le matin même; mais, bien entendu, le perroquet blanc s'était ingénié à semer des graines un peu partout dans l'habitacle. On procéda aux présentations. Pumb hocha la tête gravement, avec l'air de savoir à qui il avait affaire. Sémione l'imita.

On prit l'apéritif en silence. Sémione observait la maison de son ami, songeur. Les glaçons fondaient dans les verres.

Vincent avait préparé à l'avance des plats froids. L'heure était calme, l'amitié douce; à peine entendait-on, de temps à autre, une voiture dévaler la rue du Chevaleret, à peine percevait-on le ronronnement placide de Paris, loin du camion et de ses loupiotes, loin du seau à glace dans lequel la bouteille de sancerre faisait tourner un air de boîte à musique. Un volnay accompagna courtoisement le rôti froid, un fronsac le fromage d'Epoisses. Bruno comme Vincent jugèrent d'un commun accord que la troisième bouteille — un loupiac, pour le dessert — ne s'avérait pas indispensable. Mieux valait passer directement au vieil armagnac. Pumblechook, du haut de son perchoir, désapprouvait.

Les deux amis se regardaient, émus. Leurs yeux baignaient comme des mirabelles dans un jus clair et scintillant.

Ils parlèrent beaucoup, raisonnèrent beaucoup. Ils trouvèrent, en mangeant le rôti, une explication définitive à l'existence du monde. Ils résolurent assez facilement, après le fromage, le problème de la fonte des pôles, trouvèrent un emploi aux deux mille chaussures d'Imelda Marcos, conjurèrent la crise de la natalité en Occident, rééduquèrent Pol Pot, dégonflèrent les voiles islamiques, humidifièrent le Sahel ; et l'écroulement du bloc socialiste ne constitua bientôt plus un sujet d'inquiétude pour l'équilibre mondial.

Ayant soulagé les souffrances de l'humanité, ils se reposèrent un peu. L'ambre scintillait dans les verres à moutarde.

L'air devint plus épais, soudain. Les minutes se mirent à couler comme du plomb.

Le silence des deux hommes s'éternisa dans une langueur étrange, que seuls venaient troubler les marmonnements de Pumb grimpant le long d'un rideau, malgré l'interdiction formelle et permanente.

— Au fait, dit enfin Artus.

Mais il ne sut profiter de la trouée qu'il venait de faire dans le silence, qui se referma.

Les verres s'emplirent de nouveau. Le vasistas grand ouvert aspirait la fumée ; elle s'élevait dans le ciel immobile, comme de la cheminée d'un steamer à l'ancre.

— Au fait, répéta Artus, longtemps plus tard.

Sémione retira la pipe de sa bouche, et attendit.

— Je vais partir. Pour quelques jours, à la campagne. Si mon directeur m'accorde un congé.

Le rideau pendait, lamentable, stigmatisé par le poids et les serres du perroquet. Satisfait, celui-ci alla s'installer en grinçant des ailes sur la banquette, près de Sémione.

Artus, depuis la défection définitive de Béatrice, n'avait jamais pris de vacances, occupant son mois d'août à faire des remplacements dans différents dispensaires parisiens.

— Qu'en penses-tu ? demanda le directeur à l'oiseau. Dois-je accepter ?

Pumb haussa les épaules, indifférent. Qu'on n'allât pas lui faire croire que son avis comptait pour quelque chose. Et puis les gens qui trouvaient naturel de parler aux oiseaux l'horriplumaient. D'ailleurs, ce barbu fumeur de pipe ne lui inspirait pas confiance ; il n'aurait su dire pourquoi. Il régnait entre lui et son maître une complicité de mauvais aloi.

— Bien entendu, tu ne pars pas seul, dit Sémione, sans attendre de réponse.

33

Ils eurent envie de marcher un peu. Délaissant le camion, le volatile acariâtre, la table encombrée des reliefs de l'exceptionnelle réception, le papier de la nappe sur lequel le seau à glace avait laissé une large auréole d'humidité, ils s'abandonnèrent à la nuit claire et fraîche.

— Tu as tort de partir, docteur Artus. J'ai bien envie de refuser.

— Quelques jours, seulement, dit Vincent, surpris. Je ne pars que quelques jours.

— N'en sois pas si sûr. Les voyages sont mauvais pour toi. Ils finissent mal. Si tu commences à partir, qui sait où tu t'arrêteras.

— J'en ai besoin. De partir, de comprendre. Tu ne peux pas savoir, excuse-moi.

— Je sais, pourtant. Je sais, répéta Sémione en soupirant.

Mais enfin, qu'avaient donc tous ces gens à affirmer qu'ils savaient, sans dire ce qu'ils savaient, ni comment ils savaient, ni pourquoi ils éprouvaient le besoin de lui faire savoir qu'ils savaient ?

Ils se tenaient par le bras, avançant dans les rues calmes, s'épaulant un peu mutuellement car le sol, comme souvent à ces heures tardives, ondulait capricieusement sous leurs pas.

— Ce congé, mon directeur, tu me l'accordes ?

Sémione se tut un moment.

Puis il lâcha, énigmatique :

— Je n'aime pas les confidences.

— Je ne t'ai pas fait de confidence, constata Artus après avoir rapidement réécouté la bande-son des deux dernières heures.

— C'est moi qui vais t'en faire une. Tu m'y obliges. C'est imprudent.

34

Le garçon la suivait depuis la faculté, avec l'obstination d'un caniche. Dès le début de l'année, il avait pris l'habitude de s'installer à côté d'elle lorsque, si rarement et pour se désennuyer d'elle-même, elle assistait aux cours. Il s'appelait Paul. Une mèche châtain barrait son front en biais, qu'il rejetait régulièrement en arrière d'un mouvement sec de la tête. Tout, en lui, respirait une innocence détestable, une honnêteté butée, une gentillesse de chaque instant. Elle lui parlait peu, et sèchement, et sans précautions. Il ne s'offusquait pas de ses rejets, de ses caprices, de ses retraits qui la mettaient soudain hors de portée.

Camille éprouvait pour Paul une tendresse attristée. Elle le haïssait, aussi, elle haïssait sa simplicité, le rire généreux qui souvent éclairait sa face de brave garçon. Tout en lui était impeccable et bien rangé, comme ses dents. Tu n'imagines pas, se disait-elle lorsqu'elle se trouvait près de lui, à quel point je suis différente, et comme cette différence me rend laide. Tu me crois belle, pauvre Paul. Je suis horrible. Tu me crois faible, je suis forte. D'une force que tu ne connais pas, que tu n'es même pas en mesure d'imaginer, parce que tu n'en as pas besoin.

Il la suivait, la rattrapait, mais elle marchait plus vite chaque fois.

Rue des Arènes il l'agrippa par le col de sa veste et la plaqua contre un mur. L'air était tiède. Le printemps ruisselait dans les feuillages du square. Des passants détournèrent les yeux.

— J'existe, affirmait Paul, et son visage n'avait jamais été aussi près du sien. J'existe, Camille. Arrête de faire comme si j'étais transparent. Je ne te demande pas de m'aimer, tu sais. Je veux que tu me voies, simplement. Que tu me regardes, Camille, que tu me regardes !

Elle aurait voulu mordre ces lèvres nettes, sentir le sang sur sa langue. Elle crispait sa main sur le sac alourdi par le Code pénal. Comme elle se savait loin de ce garçon dont elle sentait l'haleine, et comme elle lui en voulait de cette distance ! Le sac bondit vers le visage de Paul, contre lequel il s'écrasa. Paul tomba sur un genou, porta une main à sa joue cramoisie.

— Et moi, tu m'as regardée ? Dis, tu m'as regardée, pauvre petit Paul ? hurlait-elle, penchée vers lui.

Il la vit pour la première fois.

Camille partit en courant, le sac serré contre la poitrine. Arrivée dans sa chambre, elle le jeta à toute volée contre un mur, s'effondra au pied de son lit, et fut incapable de trouver le réconfort des larmes. Des sanglots secs la traversaient sans s'arrêter.

Avant de se coucher, elle épingle la photo de sa mère à droite du lit.

Dans la nuit, un appel la réveille, entre chant et plainte.

Comme chaque nuit depuis un an ou plus, depuis qu'elle a commencé à chercher. Depuis qu'elle a compris qu'il lui faudra aller jusqu'au bout. Depuis qu'elle a trouvé Vincent, et sait quel chemin lui reste à parcourir jusqu'à la paix, jusqu'à l'oubli.

Elle se leva, en sueur.

Béatrice la regardait.

Elle errait, nue, dans la chambre que baignait la nuit pâle.

Oh, une nuit noire, enfin. Et ne plus t'entendre chanter mon nom.

35

La lune se balançait dans le ciel, suspendue à un fil invisible. Les deux hommes, au coude à coude, restèrent un moment à la contempler.

— Cette fille est dangereuse. Tu dois me croire.

— Avoir peur d'une gamine ! Mais non. Pumb me protégera.

— Peur d'elle, peut-être pas. Mais de toi. Tu ignores jusqu'où elle peut t'entraîner. Je te connais : tu es un impulsif froid.

— Bravo. C'était ta confidence ?

— Non.

Ils se dirigèrent en silence vers la place Jeanne-d'Arc, par la rue du Château-des-Rentiers.

— La voilà, ma confidence, finit par dire Sémione. J'ai connu Béatrice.

Artus se tourna vers lui.

— Tu dérailles, mon vieux Sémione. Je le sais bien, que tu as connu Béatrice. Combien de fois sommes-nous allés prendre l'apéritif tous les trois au *Petit Pompon,* après le travail ?

— Artus. Je ne déraille pas. J'ai connu Béatrice *avant toi.*

— Dans ce cas, se contenta de répondre Artus.

A vrai dire, l'heure et l'armagnac aidant, il ne voyait pas en quoi cette information...

— Attends. Qu'est-ce que tu entends par « connaître » ? Et avant moi ?

Sémione secouait la tête, et sa pipe allait de droite à gauche comme un encensoir.

— Je me souviens du soir où je te l'ai présentée, triompha Artus. En 83. L'hiver. Il avait neigé. Elle portait — il se tut quelques secondes, gorge nouée par la vision — une toque de fourrure, termina-t-il à voix basse. Tu vois ?

— Je l'ai connue en 1978.

— Elle ne t'avait jamais vu ! Le soir même, elle m'a dit, pardonne-moi, qu'elle te trouvait antipathique et trop sûr de toi. Elle a changé d'avis par la suite, bien sûr. Bien sûr. Mais tout de même, elle l'a dit.

— En 78, Artus.

— En 78 ! répéta Vincent en éclatant de rire. Alors, vous m'avez menti, conclut-il calmement.

— C'est le mot, admit Sémione.

Ils continuaient à marcher, mais écartés l'un de l'autre désormais.

— Ne va pas croire. Nous étions amis, c'est tout.

— Amis ?

— Amis.

Artus n'en était plus à une surprise près. Comment imaginer qu'on pût être *l'ami* de Béatrice ?

L'explication les mena, à petits pas et longs silences, jusqu'à la rue des Reculettes.

Sémione rencontre Béatrice par hasard, lors d'une présentation publique de projets architecturaux pour le treizième arrondissement. Elle vit chez son mari, elle n'a que vingt-quatre ans. Ils se lient d'amitié, se rencontrent régulièrement. Sémione la rassure, probablement. En 1980, elle abandonne tout : son mari, sa fille de huit ans. Et Sémione, par la même occasion.

Pendant trois ans, il ne la voit plus.

— Pas un mot d'adieu, rien. J'ai été déçu, figure-toi. Et puis l'habitude a repris le dessus. La vieille habitude. Vivre seul. Tu connais.

Trois ans plus tard, elle réapparaît. Un coup de téléphone. Elle ne s'excuse pas, ne se justifie pas. Elle veut reprendre leur relation là où ils l'ont laissée. Le bon Sémione, providence des cœurs en berne. Va, répond-il en substance, te faire voir.

Quelle n'est pas sa surprise de la retrouver, un soir, au bras d'Artus... Un seul regard leur suffit pour se mettre d'accord : ils ne diront rien.

36

Sémione a dû partir tôt. C'est Artus qui fermera le dispensaire. Artus vit seul : il rentrera à pied chez lui, rue de la Reine-Blanche.

Il est en train de ranger l'armoire à pharmacie lorsqu'il entend des pas dans le couloir : la secrétaire s'en va ; elle lui lance un salut en passant. Il termine le rangement, enfile sa parka, ferme les bureaux à clef.

C'est dans le hall du dispensaire qu'il la voit pour la première fois. Sept ans plus tard, l'image gardera en lui la netteté douloureuse d'une coupure. Elle porte un anorak noir de montagne, un pantalon fuseau à pied-de-poule noir et blanc, et une toque de fourrure. Regard charbonneux dans le visage blanc. Ce qu'elle lui dit, il ne s'en souviendra pas. Elle semble surprise de le voir. Ce n'est pas lui qu'elle attendait ; mais cela, il ne le comprendra que beaucoup plus tard, un soir de printemps, marchant avec Sémione du côté de la rue Croulebarbe.

Elle invente, déjà. Qu'elle cherche un emploi, ou qu'elle espérait trouver une amie qui travaillait là, autrefois. En sortant du dispensaire, comme ils vont dans la même direction, il lui propose de marcher un peu avec elle.

Une demi-heure plus tard, ils dînent dans un restaurant chinois de l'avenue des Gobelins.

Deux heures encore, et les voilà ensemble dans le petit studio d'Artus, rue de la Reine-Blanche.

Deux ans et quelques mois, ensuite, qui sont comme une seule journée : et dans un ravin d'Hayra, non loin de Roncevaux, le bruit de crécelle des pierres.

37

— Ami de Béatrice, toi. Toi, Sémione.

Sémione opine gravement, mâchoire serrée sur le tuyau de sa Peterson.

— Mais pourquoi me le dire ce soir ? J'aurais préféré que tu gardes ton secret.

— Crois-tu que j'aie le goût des épanchements ? Des mots inutiles ? s'emporta Sémione. C'est à cause d'elle. La petite. Qu'est-ce qu'elle lui ressemble, hein.

— Et alors ?

— Elle sait tout cela. J'en suis certain. Elle me l'a fait comprendre, l'autre jour. Je ne voulais pas que tu l'apprennes par elle. Cette fille est capable de tout. Ne la crois pas, Artus.

Ils se sentaient las, un peu écœurés. La marche avait dissipé les vapeurs d'alcool ; il ne restait plus, en eux, que le goût amande de la trahison. Mais après tout, ils n'avaient jamais eu l'habitude de se bercer d'illusions, et savaient que leur amitié ne sortirait pas moins forte de l'épreuve, puisqu'ils n'avaient qu'elle.

Ils sentirent l'heure venue de se séparer. Artus

se rappela qu'il avait oublié de fermer le camion à clef et de mettre le perroquet sous cloche. Il se remémora avec soulagement l'emploi du temps précis et chargé du lendemain. Ils n'auraient guère l'occasion de penser.

— Quand comptes-tu partir ?

— La semaine prochaine, pour l'Ascension.

— Tu pars avec elle ?

— Je pars avec elle.

— Tu te méfieras ?

— Je me méfie toujours.

— Je peux te demander où vous partez ?

— Tu peux, bien sûr.

— Où partez-vous ?

— Je préfère ne pas te répondre.

— Tu m'en veux ?

— Non. Je découvre. Ce n'est qu'un début. J'aurais préféré l'avoir comprise avant qu'elle disparaisse.

— Où est-elle, Artus, où est Béatrice ?

— Je ne veux pas savoir où elle est. Je veux savoir où elle était quand je la croyais près de moi.

— Fais attention. Tu crois chercher Béatrice, tu risques de trouver Camille.

— Va dormir, mon vieux Sémione. Va.

— Merci pour le repas. Je reviendrai, un de ces jours, parler avec ton perroquet. Il n'a pas été très bavard.

Ils se quittèrent. Chacun se hâta vers un sommeil qu'il espérait sans rêves.

En approchant de son camion, Artus s'aperçut qu'il avait oublié d'éteindre le plafonnier. Au moment d'ouvrir la porte, il entendit un bruit de voix.

Camille était là, assise en tailleur sur le lit, décoiffée, les traits tirés, en conversation avec Pumblechook.

38

Elle dormit dans le lit, et lui, assis, sur la banquette.

Au matin, il la raccompagna chez elle à pied. Pour la première fois il la sentait faible, fêlée ; mais un regard suffisait à confirmer la persistance, en elle, de ce noyau glacial et dur dont il avait perçu, dès leur première rencontre, la présence et le poids.

Elle l'invita à boire un café. Il vit la chambre en désordre, le lit défait, le sac qui avait vomi son contenu sur la moquette, crayons, rouge à lèvres, Code pénal. Il vit, épinglé sur un mur, le portrait de Béatrice, dont les yeux le suivaient à travers la pièce. Il vit la valise posée par terre, fermée, et la télévision muette, restée allumée sans doute depuis le départ de Camille, dans la nuit. Il se dit qu'ils étaient seuls, et qu'il n'y aurait personne, plus tard, pour épingler leurs photos sur un mur.

Il regarda de nouveau Béatrice. Il ne regretta pas de l'avoir tuée. Sur la pente abrupte où elle s'était perdue, il la suivait, finalement, de près.

Il se pencha alors vers la jeune fille qui s'était assise au pied du lit, un bol fumant sur ses genoux. Il posa la main sur sa nuque aux cheveux défaits. Et l'y laissa.

39

Derrière, Paris s'enfonçait dans un magma boueux. Il pleuvait depuis la veille. Toute la nuit, Artus avait entendu la pluie cracher sa mitraille sur les tôles. A l'heure prévue, il était passé prendre Camille en bas de chez elle.

Sur l'autoroute, des camions se traînaient dans des volutes grises d'eau et de bâches claquantes. Les pneus sifflaient, les moteurs grondaient, les carrosseries brillantes se précipitaient dans une course frénétique, comme des scarabées fuyant l'inondation. De monstrueux amas de linge sale se tordaient dans le ciel. Une clarté opaque faisait baver les contours et les formes, malaxant le paysage dans une bouillie de gris. De toutes parts montait une odeur de vase et de moisissure.

Soudain, au-delà de Chartres, le ciel se libéra de ses guenilles, qui allèrent s'amonceler vers l'est. Une lumière liquide déferla sur la Beauce, plaquant d'or fin les rares saillies verticales, châteaux d'eau, silos, arbres solitaires, pylônes géants qui traversaient la plaine en file indienne, et fit scintiller la moindre jeune pousse, le moindre brin d'herbe. Le pare-brise étincela de gouttes folles, et le visage de Camille, endormie contre la portière, prit une teinte tiède.

Ils s'arrêtèrent pour déjeuner dans un bourg de Sologne. Camille ne parlait pas. Elle avait pris, depuis son réveil, une expression renfrognée qu'Artus connaissait bien.

Ils atteignirent la Brenne par Buzançais et Vendœuvres. L'eau était partout, à fleur de terre, formant des étangs de toutes tailles bordés de brandes, de bruyères, de chênes, de plages sableuses envahies par les roseaux. Certains plans d'eau s'étendaient sur deux ou trois kilomètres. D'autres, nichés entre les bosquets, étaient à peine plus grands que des mares. Dans le village de Rosnay, personne ne sut les renseigner sur l'étang du Greffier. Il y en a tant, semblaient-ils dire, en laissant retomber leurs bras. Pendant plus de deux heures, le camion glissa doucement de petite route en chemin, aboutissant souvent dans une cour de ferme abandonnée, ou sur une berge marécageuse. Ils quémandèrent sans succès une direction dans les rares hameaux qu'ils traversaient.

Un soleil vigoureux faisait chanter le vert des feuillages. Artus gara le camion à l'entrée d'un sentier. Ils s'avancèrent dans une forêt épaisse, moussue, frémissante de bruits d'eau, de cris d'oiseaux. A proximité d'une mare, un butor s'envola devant eux avec un chant de trompe.

— Où sommes-nous ? demandait Camille, qui

semblait avoir quitté Paris, le matin, pour la première fois.

— Loin de la Butte-aux-Cailles, répondait Artus.

Le chemin menait à une maison en ruine. Ils pénétrèrent dans les pièces aux portes défoncées. A l'arrière de la maison, les ronces menaient l'assaut contre les volets, s'élançant jusqu'à l'intérieur à travers les carreaux brisés des fenêtres.

Camille, soudain, poussa un cri. Vincent fut aussitôt près d'elle. Ils se trouvaient sur le seuil de ce qui avait dû être une cuisine. Au milieu de la pièce, un homme, debout, une fourche sur l'épaule, les regardait.

40

Ils suivent maintenant l'homme, toujours fourche à l'épaule, qui les conduit à travers la forêt.

Il n'a pas paru surpris de les voir, tout à l'heure. Sans doute les avait-il entendus arriver. Oui, il connaît l'étang du Greffier. Oui, il y a une maison au bord de l'étang. Oui, il va leur montrer le chemin. Mais d'abord, il faudra qu'ils l'écoutent. Les occasions de parler sont rares.

Il s'appelle René. Il leur raconte que cette maison en ruine est celle de ses anciens patrons. Il y revient de temps à autre contempler les vestiges de l'époque bénie. Maintenant, il habite seul, plus loin, vers les Frères-Tondus. Maintenant, c'est le désert. Même les chasseurs ne viennent plus, ils préfèrent la Sologne et les faisans d'élevage qui viennent vous manger dans la main. Ça arrange bien les cerfs d'ici. L'autre jour, alors qu'ils étaient en train de débroussailler une parcelle, avec un voisin, ils se sont fait charger par un huit-cors. Ce n'est pas la première fois : voici quelques années, il est resté une matinée entière coincé dans un chêne, avec une damnée bestiole en chaleur qui l'attendait en bas, et qui donnait toutes les dix secondes un coup de tête dans le tronc. René parle beaucoup, sans s'interrompre, il les saoule ; ses petits yeux remuent en permanence au fond des orbites.

Maintenant il se tait, à nouveau plongé dans ses rêves. Il s'arrête à un endroit où le sentier forme une patte d'oie.

— Vous, c'est par là, dit-il en indiquant le chemin de gauche. Moi c'est l'autre, poursuit-il, rimbaldien. Si vous avez besoin, vous avancez tout droit, et vous me tombez dessus, forcément.

Vincent et Camille le regardent s'éloigner. Il leur faut retourner chercher le camion, en espérant que le chemin sera praticable.

41

Ils laissèrent le camion à l'orée de l'étang, à cause d'un tronc qui barrait le passage.

Roseaux et joncs envahissaient les bords du plan d'eau. De l'autre côté, une petite falaise courait le long de la rive, surmontée de pins. Artus, qui marchait devant, vit le premier la maison. Il s'arrêta, et Camille fit halte à côté de lui, le perroquet sur l'épaule. Pas de murs de pierre, ni de toits d'ardoise : elle tenait plutôt de la cabane de pêcheur, avec ses montants de bois, son unique niveau, ses parois en ciment peint. Vaste cabane, pourvue d'une terrasse en bois dont les pilotis plongeaient dans l'eau. Une barque était amarrée à l'un d'eux, à l'abri sous les planches.

A leur approche, un couple de hérons s'envola pour aller rejoindre les grands arbres morts sur lesquels nichait une colonie : les troncs et les branches, à nu, avaient été calcinés par leurs fientes. Depuis leur arrivée en Brenne, Vincent et Camille avaient pu observer une bonne vingtaine de ces volatiles ; Camille avait décrété qu'elle leur vouerait dorénavant une aversion totale et définitive : ils avaient l'air aussi bêtes et sales que les pigeons parisiens, et ils étaient plus gros.

Ils restèrent un moment immobiles. Des rouleaux de cumulus laminaient l'étendue plate de la Brenne, parsemée de buttes formées, selon René, par la terre tombée des bottes que Gargantua avait coutume de secouer en traversant cette région argileuse ; au loin, on apercevait le château du Bouchet, surplombant l'étang de la Mer-Rouge.

Immobiles. Attendant, peut-être, de voir Béatrice sortir, s'appuyer un instant sur la rambarde de bois délavé, et qui sait, leur faire un signe.

Une grande pièce, une chambre attenante. Quelques meubles, un sol de grosses planches. Seule note de luxe : les cinq ou six lampes à pétrole pendues aux poutres.

A peine franchi le seuil, Camille posa son sac et commença à fureter. Artus, mal à l'aise, préféra ne pas entrer tout de suite. Il retourna au camion chercher les provisions achetées lors du passage à Rosnay, et le perchoir de Pumb.

Quand il revint, il comprit à son air déçu qu'elle n'avait rien trouvé.

— Pas une trace, rien. Une vieille pipe ébréchée, dans un tiroir. Un exemplaire de *L'Annonce faite à Marie.* Il manque cinquante pages. Un bloc de papier à lettres. Du matériel de pêche. Deux foulards. Et du pétrole, par chance. Je n'ai pas encore regardé l'appentis.

Elle avait étalé ses trouvailles sur la table. Vincent reconnut le foulard qu'il lui avait offert un 17 février, pour son anniversaire. Elle l'avait choisi elle-même : noir à motifs blancs, des spirales et des flèches. Artus eut envie de se jeter sur le tissu, d'y enfouir son visage pour tenter de capturer un reste d'odeur, un soupçon de parfum, mais son corps refusa de se prêter à une telle exhibition.

Ils firent le tour de l'étang. L'eau était agitée par des centaines de carpes en train de frayer. On voyait leurs nageoires dorsales sillonner la surface, ondulantes, extatiques, puis disparaître dans des remous furieux. Un rut tellurique soulevait l'étang ; maintenant immobiles, ils en percevaient la rumeur.

42

Camille dormait dans la chambre, avec Pumb. Vincent installa un matelas en mousse du camion dans la grande pièce. Incapable de fermer les yeux, il regardait couler sur les grands arbres la clarté pâle de la lune. La nuit frémissait d'appels étouffés, de chuchotements, de craquements légers comme des pas, de hululements. Dans la chambre voisine, parfois le sommier piaulait sous le sommeil agité de Camille.

Artus se leva, enfila un pull et un pantalon, sortit sur la terrasse.

— Te voilà, dit Béatrice, assise dans un vieux fauteuil en rotin qu'ils avaient sorti tout à l'heure.

Vincent ne répondit pas. Elle s'avança avec lui jusqu'à la rambarde, et debout, silencieux, mains appuyées sur la barre de bois, ils se laissèrent envelopper par la nuit apaisante. Ils ne se regardaient pas. Artus ne sentait plus la fraîcheur du vent qui filait la fine laine des nuages d'un bout à l'autre du ciel.

— Pourquoi avoir emmené ma fille ? finit par demander Béatrice.

Sa voix, un peu rauque, n'avait pas changé.

— C'est elle qui m'a emmené. Ne commence pas, avec les reproches.

Il se tourna vers elle. Elle portait, autour du cou, le foulard noir et blanc. Le vent soulevait de temps à autre les mèches sombres de son front. Ils sourirent tous deux, à l'idée qu'ils avaient presque entamé une scène.

— Elle a du caractère, je crois. Je l'ai si peu connue. J'aurais dû m'occuper davantage d'elle. Mais je ne pouvais plus. C'était une nouvelle vie. Avec toi... Tu trouves qu'elle me ressemble ?

— Trop, avoua Vincent.

— Alors, tu la tueras, elle aussi ?

Il prit le temps de la réflexion.

— Je n'en ai pas envie. Ce n'est pas dans ma nature, tu le sais.

— Je le sais, oui, reconnut tristement Béatrice. Mais il le faudra peut-être ?

— Tais-toi. Je ne veux pas y penser.

— Ce n'est rien, mourir, murmura-t-elle. Mourir n'est rien, Vincent. Cela va si vite. Ce qui fait le plus mal, c'est la surprise. Mais elle ne dure pas.

— Allons faire un tour en barque, suggéra Vincent.

La barque glissa sur l'eau silencieuse. Les carpes, repues d'amour, gisaient au fond, sur la vase. Artus tirait lentement sur les avirons ; Béatrice, assise à la poupe, chantonnait.

— Il ne te manque qu'une ombrelle, et une robe blanche à dentelles, dit-il, souriant.

Béatrice cessa de chanter.

— Que s'est-il passé, Vincent ? Pourquoi notre vie n'a-t-elle pas été une promenade en barque sous la lune ?

— Tu étais moins romantique, alors, souviens-toi. Tu aurais eu le mal de mer. Ou froid. Tu aurais trouvé que je ramais trop vite, que je n'avais pas choisi la bonne barque, le bon étang.

— Mais nous avons eu de bons moments, Vincent, de grands moments. Tu as oublié ?

— Si seulement je pouvais oublier au moins cela.

Ils étaient arrivés au milieu de l'étang. Artus posa les rames sur les plats-bords.

Des bruits couraient sur l'eau. On voyait la maison, tache claire sur la rive, tranquillement assoupie dans le murmure des bois.

— Béatrice... Pourquoi ne m'as-tu jamais parlé de cette maison ? Pourquoi ne m'y as-tu jamais amené ?

Béatrice se taisait. Elle laissait une main traîner dans l'eau noire. Artus se pencha pardessus bord. Il ne vit que l'auréole de ses propres cheveux qui ondulait sous les nuages.

— Ne te jette pas à l'eau, surtout. Il n'y a pas de fond, et il te faudrait rentrer à pied. Mon pauvre Vincent, qu'as-tu fait de toi ? Tu vis dans un camion, avec cet oiseau qui te tyrannise. Tu comptes ton temps et tes gestes. Tu ne penses qu'à te protéger.

— Je suis libre. Je n'ai pas de contraintes, pas de loyer, pas de port d'attache.

— Pas de femme.

— J'ai des amis.

— Tu as des amis ? s'enquit Béatrice d'une voix douce.

— J'ai un ami.

— Ah oui. Le bon docteur Sémione.

— Pas d'ironie, je t'en prie. Sais-tu ce que c'est, avoir un ami ? Quelqu'un à qui on peut non pas tout dire, mais ne rien dire. Quelqu'un avec qui se taire. Comme un repos toujours possible. Eh bien j'ai ça. Plus solide, plus précieux que tout. J'ai ça, moi.

— Heureux Vincent...

Artus la regarda. Pas la moindre trace de sarcasme dans l'expression de son visage, mais une douceur ineffable, une compassion sans limites qu'il ne lui avait jamais connues. Il changea de ton, espérant la prendre de court :

— Mais toi aussi, tu l'as connu. Il a été ton ami, avant que tu me rencontres.

— Rentrons, Vincent. J'ai froid.

— Tu ne réponds pas.

— Mais Vincent, tu ne m'as pas posé de question. Tu affirmes ce que tu ignores, comme toujours. C'est lui qui t'a dit cela ? Qu'il avait été mon ami ?

— Oui. Une sorte de grand frère, de confident.

— Tu peux le croire. Tu dois le croire. C'est ton ami. Je ne sais plus rien de tout ça.

Une dame-blanche passa à quelques mètres

au-dessus de la barque, d'un vol soyeux, presque inaudible.

— J'ai froid, Vincent.

— Attends. Dis-moi pourquoi je t'ai tuée.

— Même cela, tu l'as oublié ?

— Je n'ai rien oublié d'autre, Béatrice. Dis-moi.

— Voilà pourquoi tu suis Camille. Tu espères qu'elle découvrira ce que tu ne sais plus. Pauvre Camille.

— Je me souviens de mes gestes. Je me souviens de toi. Je me souviens que je ne pouvais plus vivre à tes côtés. Te regarder même m'aveuglait. Mais j'ai oublié pourquoi.

Un vent frais se mit à rider la surface de l'eau, poussant doucement la barque vers les roseaux.

— J'ai été heureuse, ici. Pays de sorcières, de meneurs de loups. Je suis fatiguée.

— Tu ne m'aideras pas ?

Béatrice sourit.

43

— Vous venez avec moi ?

Depuis qu'elle s'était réfugiée, une nuit, dans le camion d'Artus, Camille le vouvoyait de nouveau. Il ne trouvait aucun goût à cette minuscule victoire.

— Non. Faites ce que vous avez à faire. Je ne sais pas pourquoi je suis ici.

Assis dans le fauteuil, au soleil, il la regarda s'éloigner : cheveux noirs, pull en coton jaune paille, pantalon de toile blanche.

Il tenta de lire les pages rescapées de *L'Annonce*. Il ne lisait que les répliques de Mara. Les formes souples de la jeune femme continuèrent d'onduler sous ses paupières, quand il ferma les yeux.

Puis il s'endormit.

Le corps de Camille, dressé devant lui, forma une trouée de noir dans le ciel aveuglant.

— Vous n'auriez pas dû rester au soleil, comme ça. On dirait un homard.

Artus rentra dans la maison. La peau de ses joues, tendue à rompre, lui faisait mal. Il mit un moment à s'acclimater à l'obscurité relative. Camille avait nettoyé, balayé, chassé la poussière. La pièce perdait cet air d'abandon et de désolation qu'il lui trouvait la veille. Un rien avait suffi à lui rendre vie. Il la voyait désormais telle que Béatrice la connaissait, telle qu'elle l'avait aménagée pour ses escapades.

Quand venait-elle ? Et avec qui ?

— J'ai vu René, dit Camille, derrière lui.

Midi cognait sur le toit de fibrociment. Ils s'assirent de part et d'autre de la table, face à la porte ouverte. La surface de l'étang se crispait d'écailles bouillantes. Les poissons s'aimaient dans l'eau chaude. De l'autre côté, un troupeau de bernaches dormait sur un bout de plage. Un héron accablé, debout dans les roseaux, laissait pendre son bec sur ses échasses. Midi cognait. Béatrice avait connu cela. Elle avait aimé cette nature écrasée de tristesse. Elle l'avait choisie. A quoi occupait-elle ses journées ? Un chevalet était appuyé contre une cloison, derrière le poêle à bois.

— Il vous a raconté des histoires de cerfs ?

— Des histoires de sorcières, plutôt. Vous n'avez pas faim ?

Elle peignait, alors. Les quelques tableaux accrochés ici et là étaient de sa main. Vincent n'avait jamais vu Béatrice peindre.

Pumblechook, songeur, arpentait le plancher. Le bruit de sa patte avait la régularité d'un balancier d'horloge. Camille se leva pour mettre le couvert. Dehors, des courlis faisaient entendre leurs cris espacés, monotones.

Elle peignait ces formes brutales, laissait gicler sur les toiles des couleurs qu'elle allait chercher loin en elle, là où Vincent n'avait jamais pu regarder.

Camille avait rempli les assiettes de jambon, de tomates. Elle commença de manger. Artus l'observait sans bouger, observait ses gestes fébriles, sa voracité silencieuse, effrayante. Il y avait, dans la façon dont ses dents tranchaient la tomate ou le morceau de pain, dont elle regardait fixement la nourriture avant de l'engloutir, une sorte de précision médicale, implacable.

— Vous ne mangez pas ? s'interrompit-elle au bout d'un moment.

— Vous regarder manger me nourrit, Camille.

— Je vous coupe l'appétit, on dirait. A quoi pensez-vous en me regardant ?

Tic-tac du volatile sur le plancher. Une judelle se pose sur la rambarde de la terrasse, et repart aussitôt ; il la prend pour une mouette. La vie d'Artus est pleine d'oiseaux dont il ne sait pas dire le nom.

— Si j'étais peintre, je ferais votre portrait, en train de manger dans la pénombre. « Camille à la tomate. »

— Je ne suis pas à peindre.

— Heureusement : je ne suis pas peintre.

Vincent commença de manger. Quand le repas fut terminé, ils débarrassèrent la table et allèrent chercher à la pompe un baquet d'eau pour la vaisselle. Pendant que Vincent lavait les assiettes, la fille de Béatrice passait le balai.

A un moment, il entendit un grand frou-frou de plumes caquetantes. Camille jurait, désignait l'emplacement où Pumblechook avait pris son déjeuner, maculé de fientes et jonché de graines.

— Cette bestiole est dégueulasse. Un vrai héron !

L'oiseau, incrédule, restait à l'abri sous le buffet, craignant une deuxième volée de crins.

Camille n'avait pas prévu la réaction de Vincent. Elle sentit le balai s'arracher violemment à la prise de ses mains, et put le voir prendre son envol par la porte, droit vers les nuages ; mais la brosse heurta le chambranle, et le projectile alla s'écraser sur le sol à grand bruit, comme une vulgaire fusée.

— Jamais, hurlait Vincent, méconnaissable, jamais personne n'a levé la main sur mon perroquet — et sa voix avait des feulements rauques, comme s'il inspirait en parlant. Personne n'a le droit ! On ne touche pas ! Surtout vous !

Il s'était approché d'elle, poings serrés, muscles noués, fumant de tous ses cheveux gris.

— C'est une grosse colère, nota Camille, sans ciller.

— Oui, confirma Vincent, instantanément calmé. C'est rare.

Pumb sortit prudemment de son abri. Mais un regard de Camille suffit à le faire courir à toutes pattes vers l'extrémité opposée de la pièce.

— Et que me feriez-vous, si je touchais à votre alter ego ?

— Prenez-moi au sérieux, conseilla Artus après un temps. Méfiez-vous de moi, même. Ce n'est pas une menace, c'est une prière.

— Allez, je l'aime bien, Pumb. D'ailleurs lui aussi m'aime bien. Je lui dis tous mes secrets, depuis que je le connais. J'espère qu'il ne vous les répétera pas. Mais tout de même, vous auriez pu l'éduquer, lui apprendre quelques manières. Vous voulez un nescafé ?

Elle versa de l'eau minérale dans une casserole qu'elle posa sur le réchaud.

— Maman a connu Pumb ?

— Nous l'avions acheté ensemble. C'est elle qui voulait un perroquet. Elle se faisait des idées sur les bêtes. Elle pensait qu'il nous ferait rire, qu'il nous raconterait des histoires drôles.

— Pourquoi ne l'a-t-elle pas emmené, quand elle est partie ? Pour que vous vous sentiez moins seul ?

— Peut-être pour que je me sente plus seul encore. Elle pensait que faire souffrir les gens est le meilleur moyen de s'en faire aimer.

Le ciel s'était couvert. Ils s'installèrent dehors pour boire leur café. Dès que le soleil se cachait, un petit vent acide les faisait frissonner, et agitait l'eau de l'étang.

44

— Alors, ces histoires de sorcières ?

— Vous ne devriez pas sourire. Vous ne croyez pas aux sorcières ?

— Je suis bien obligé d'y croire. Que vous a raconté René ?

— Il n'est pas comme vous, René : il ne croit ni aux sorcières ni au bon Dieu. Il croit à la République qui a aboli les privilèges. C'est ce qu'il m'a dit.

— Laissons-le à son obscurantisme. De quoi vous a-t-il parlé, encore ?

— Il m'a donné des nouvelles de ma mère.

— Tiens. Il l'a vue récemment ?

Ils parlaient sur un ton détaché, comme à demi assoupis dans leurs fauteuils en rotin, sans se regarder. Mais les phalanges d'Artus, serrées sur l'accoudoir, étaient devenues blanches, et sa paupière droite tremblait. Il eut envie, soudain, de se plonger dans la lecture d'un interminable et délicieux roman. *De grandes espérances*, par exemple, qui avait fourni le nom du perroquet, eût parfaitement fait l'affaire. Mais il n'avait sous la main que le volume incomplet de *L'Annonce,* et Camille veillerait à ce qu'il ne s'endorme pas sur quelque oreiller de papier imprimé. Pourquoi fallait-il toujours qu'une femme se dressât entre lui et le havre des mots pacifiés, comme un récif ?

— C'était une façon de parler, bien sûr. Il ne l'a pas vue depuis longtemps. Mais il m'a parlé d'elle. Elle venait passer deux ou trois jours, de temps à autre.

Le ciel était maintenant complètement couvert, et quelques gouttes de pluie vinrent s'écraser sur l'eau.

— Vincent... Vous viviez avec elle. Vous ne pouviez pas ignorer cela...

Il se taisait. Il pensait à Pip, « élevé à la main » par son affreuse grande sœur, à Miss Havisham qui, abandonnée par son mari le jour de ses noces, laissait moisir le gâteau de mariage depuis des lustres dans la maison aux volets fermés, aux horloges arrêtées.

— Vincent... Vous êtes sûr de n'être jamais venu ici ?

— Arrêtez, Camille.

— J'ai demandé à René s'il vous reconnaissait. Il n'en est pas certain, mais vous pourriez bien être l'homme avec qui ma mère venait ici.

45

Une brève averse les libéra de leur tête-à-tête. Ils se mirent à l'abri dans la maison. Rapidement, ils éprouvèrent le besoin impérieux de se séparer. Dès la fin de l'averse, Camille prit un des deux vélos qu'elle avait trouvés dans l'appentis, et dont elle n'eut qu'à regonfler les pneus ; elle partit faire quelques courses à Rosnay. Elle avait noué autour de son cou le foulard noir et blanc.

Artus resta seul en compagnie du perroquet.

— Tu vois, dit-il en contemplant le tableau posé sur le buffet, tu vois, mon vieux Pumb, on croit vivre avec une femme. On l'aime de la même façon qu'elle vous aime : atrocement.

Pumb eut un petit hoquet qui ressemblait à un sanglot.

— Un amour incandescent, qui brûle tout l'oxygène. On est obligé de l'éteindre. Et puis un jour on s'aperçoit qu'on ne vivait pas avec une femme, mais avec deux. Ce doit être le cas de la majorité des hommes, mais combien s'en doutent ? Deux femmes éteintes, Pumb, par manque de sang-froid. Si je ne pouvais plus vivre avec l'une, peut-être aurais-je pu...

Il saisit un tableau : un visage, formé d'aplats énergiques, noirs, blancs, jaunes, troué d'un regard de suie, plein de joie coléreuse. Qui, hormis Béatrice, aurait pu peindre cela ? Il retourna le cadre, et reconnut l'écriture : *Moi, 1984*. Un autre tableau — taches grises et beiges, indécises, épaisses — portait l'inscription : *Mes hommes. 1985*. Les autres tableaux, plus petits, ne portaient ni titre ni signature.

— Il ne reste plus d'elle que des objets sans vie, immobiles, Pumb, ininterprétables. Sauf toi. Mais tu n'es pas un souvenir, tu es un remords.

L'oiseau frottait sa tête en gémissant contre la jambe d'Artus. Puis il grimpa le long du pantalon, jusqu'à l'épaule. L'homme ne dit rien, pendant l'ascension, malgré les serres qui le meurtrissaient.

Artus alla jusqu'au miroir accroché au mur.

— Franchement. Je ressemble à ça ?

Le perroquet hocha la tête, et le miroir se brouilla, prit les teintes et les formes du tableau de Béatrice.

Vincent se mit à trembler.

— Descends de là. Saloperie.

Il secoua violemment l'épaule, mais l'oiseau tenait ferme, arrimé à la peau à travers le tissu de la chemise.

46

Un vent humide emmêlait ses cheveux gris. Il marchait vite, régulièrement, dans un bruit de feuilles sèches et de brindilles cassées, indifférent au paysage de brandes et de bois, aux étangs qui surgissaient, l'un après l'autre, entre les troncs. Quel jour était-on ? Il ressentait douloureusement la nostalgie de la Butte-aux-Cailles et du dispensaire, de la souffrance des autres qui le rassurait car il savait l'apaiser, de lá présence de Bruno Sémione.

Essoufflé, il s'assit sur un coussin de mousse, adossé contre un chêne, face à un étang à sec. On les vidait tous les sept ans, avait dit René, afin de permettre au fond de se régénérer. C'était une cuvette vaste, plate, peu profonde, couverte d'herbes vertes et fauves où piaillaient les rousserolles.

Béatrice arriva enfin, alors qu'il allait s'assoupir dans la fraîcheur du soir tombant. Elle s'allongea près de lui, sur un côté, la tête posée dans une main.

— Tu respires mal, Vincent. Tu es oppressé.

Tu ne peux pas rester comme ça. C'est à cause de Camille ?

— Elle va partout, elle fouille, elle veut savoir. Elle pose des questions, et les gens lui répondent. Elle a le don pour ça. Si je la laisse faire, elle finira par te retrouver.

— Nous sommes loin d'Hayra, encore. Pauvre Vincent. Pourquoi y a-t-il des femmes dans ta vie ? dit Béatrice, et il ne sut pas si elle souriait.

Il regardait devant lui la farandole des oiseaux.

— Tout ce que tu m'as caché, Béatrice. Je n'arrive pas à me l'imaginer. Tout ce que je n'ai pas vu.

— Qui peut prétendre tout voir ? N'aie pas de regrets. Je t'ai fait souffrir. Et j'aurais continué, tu le sais.

— Ainsi, tu étais peintre.

— Oh, j'ai fait quelques tentatives. Le résultat n'est pas très brillant.

— Tes tableaux sont magnifiques, Béatrice. Ils te ressemblent. Je te découvre.

— Trop tard, Vincent. N'y pense plus.

— Qu'est-ce qui a bien pu t'attirer en moi ? Je suis si peu artiste.

— Tu rêvais tellement bien. J'aimais tes rêves. Pourtant, je voulais te ramener sans cesse vers moi, je ne supportais pas que tu t'éloignes. C'est pour cela que tu as tant souffert. Tu étais artiste à ta façon. Et puis, tu m'as bien joliment tuée. Savoir effacer... c'est un don très rare.

— Tu es gentille. Mais Camille s'apprête à tout casser.

— Elle ne se doute de rien, voyons. Elle a seulement un grand désir de me retrouver, et sûrement beaucoup de choses à me dire. Elle n'imagine pas à quel point je l'ai abandonnée.

— Elle veut te faire des reproches, surtout. Elle me l'a dit, elle veut régler ses comptes.

— Comment lui en vouloir ? Je l'ai fait souffrir, elle aussi. Et plus injustement que toi. Elle ne m'avait pas choisie.

— Dis-moi ce que je dois faire. Aide-moi.

— Je ne vois que deux issues. La première et la moins risquée : faire en sorte qu'elle n'ait plus envie de me chercher, ni de te faire du mal. Qu'elle oublie.

— Je ne comprends pas.

— Qu'elle te voie comme je t'ai vu, moi. Pourquoi me forcer à le dire ? Qu'elle ait envie de toi. Elle n'en est sans doute pas loin, tu sais. Il suffira de presque rien.

— Tu ne devrais pas plaisanter. Je n'aime pas ça.

— Et tu n'auras de ton côté pas de grands efforts à faire pour la trouver désirable, n'est-ce pas ? Vous vous flairez depuis Paris. Elle est belle. Mieux faite que moi. Tu l'as remarqué ?

— Ne parle pas comme une mère maquerelle.

— Quand vous vous serez trouvés, tu n'auras plus rien à craindre. Crois-moi, Vincent.

— Je ne peux pas. Je ne peux pas. (Un temps.) Et elle ne voudra pas.

— Alors, il reste l'autre solution.

47

— Où étiez-vous passé? J'ai cru que vous m'aviez abandonnée ici.

— Je ne vous aurais pas laissé le camion, ni le perroquet. Vous êtes rentrée depuis longtemps?

— Juste avant la nuit. J'ai fait quelques courses. Heureusement que je ne compte pas sur vous pour penser aux repas.

— Vous êtes allée jusqu'à Rosnay?

— Hmm.

— Vous avez parlé à des gens?

— Il n'y a pas d'autre moyen de demander du bifteck haché.

— Parlé, Camille. Je veux dire : posé des questions.

— Bien sûr. Je ne suis pas venue en vacances, ici. J'ai posé des tas de questions, à des tas de gens.

— Vous êtes sur la bonne piste?

— Je n'ai rien trouvé, vous êtes content? Personne ne la connaît, personne ne l'a vue. Les rares personnes connaissant l'étang du Greffier ne savaient même pas que la bicoque avait été rachetée au père Ciron. Sans René, je croirais qu'elle n'a jamais mis les pieds dans la région. Nous sommes venus pour rien. Maman n'a pas séjourné ici après sa disparition.

Vincent alluma une deuxième lampe à pétrole, pour mieux la voir.

Allongé dans un duvet, sur son matelas de mousse, Vincent lisait de nouveau *L'Annonce faite à Marie,* ou ce qui en restait. Il reprenait chaque fois sa lecture de façon différente, ne lisant que les répliques de Violaine, ou que les pages de gauche, ou commençant par la fin, ou encore variant les combinaisons à partir de demi-pages ou de quarts de pages.

Un coup résonna sur la cloison.

— Vincent, vous dormez ?

— Oui.

— Votre lampe est allumée.

— J'ai peur du noir.

Quelques secondes plus tard, Camille apparut dans l'encadrement de la porte, vêtue d'un tee-shirt noir qui lui arrivait à mi-cuisse.

— Je n'arrive pas à m'endormir.

Vincent ne leva pas les yeux de son livre, qu'il tenait à l'envers.

— Je peux rester un moment avec vous ?

Sans attendre la réponse, elle s'assit au bout du matelas, le dos au mur, et ramena contre elle ses genoux, qu'elle enveloppa d'un geste dans son tee-shirt.

En soupirant, Artus laissa tomber le livre et

s'assit à son tour, pour s'abîmer dans la contemplation d'un tableau, au-dessus de Camille.

Chacun, ventre noué, appréhendait l'imminence d'un possible basculement de leurs vies, d'un bouleversement qu'un geste, un mot suffiraient à déclencher. Ils n'avaient pas su se prémunir contre l'irruption d'un désir que tout, pourtant, aurait dû laisser prévoir.

— Vous ne me regardez pas, dit-elle d'une voix faible.

Artus semblait paralysé, assis en tailleur, torse nu, dans le duvet qui couvrait le bas de son corps jusqu'aux hanches. Avec les reflets cuivrés dont le halo de la lampe à pétrole drapait sa peau, il évoquait, malgré sa maigreur et ses cheveux gris, malgré les tavelures de son cou et les rides profondes de son visage, la statue égyptienne du scribe assis que Camille avait vue au Louvre — hiératique, figée, et comme transportée par d'insoupçonnables visions. Lentement, il baissa son regard vers elle.

Camille chercha des mots, qu'elle ne trouva pas. Alors elle s'approcha d'Artus, se mit à genoux près de lui, sur le matelas, resta un moment ainsi, sans bouger, puis enleva lentement son tee-shirt. Ses gestes étaient maladroits, comme terrifiés. Tandis que le coton noir glissait sur la peau odorante et fraîche de Camille, la tête de Vincent s'agita imperceptiblement dans un mouvement de dénégation affolée.

Comment quitter du regard ce ventre bombé, ce triangle noir, ces seins crémeux et ronds, comment résister au désir de s'y enfouir et de s'y perdre ? Et pourquoi résister ? Béatrice l'avait dit, et Artus se sentait terrassé par cette brutale évidence : Camille lui offrait le salut sur un plateau de chair, la paix enfin retrouvée, la réconciliation avec la vie. Un geste pour saisir cette poitrine ou ces hanches, une main glissée dans la pulpe fendue de ces cuisses, et c'en serait fini avec la menace que Camille faisait peser sur l'ordre patiemment institué qui le protégeait. Quelle force l'empêchait de prendre cette chance, d'arracher Camille à sa docile attente, de jouir de ce miracle nu qui s'offrait à lui ?

Camille prit la main d'Artus, la posa entre ses seins, la fit descendre sur son ventre. La peau de la jeune fille s'horripila brièvement sous la main glacée.

Vas-y, prends-la ! Qu'est-ce qui te retient ? Qui t'en empêche ? Tu as une faim de loup, qu'est-ce que tu attends ? Crains-tu cet excès de jeunesse ? Ou que Camille cherche à te désarmer ? Elle est très jeune ? Tant mieux. Elle est le portrait de sa mère ? Raison de plus ! Elle est dangereuse ? Elle le sera bien davantage si tu l'humilies par un refus. Tu as l'occasion de la neutraliser : elle ne se reproduira plus. Deux issues, n'oublie pas. Prends-la, voyons. Artus. Prends-la.

Il n'en trouva pas la force. Sa main se replia, retomba. Ce n'était pas le corps de Camille qui lui répugnait, mais le sien qui lui faisait pitié.

Camille se pencha, ses seins effleurèrent le visage de Vincent, et il put sentir son odeur plus proche et délicieuse que jamais. Elle saisit la lampe à pétrole posée à la tête du lit et, d'un geste calme, l'envoya s'écraser sur le plancher, au milieu de la pièce.

48

Des vagues de vent tiède roulent dans la rue des Cinq-Diamants. Par la fenêtre ouverte, elles apportent de temps à autre des rires de noctambules.

Vincent Artus lit, assis dans sa chaise à bascule — Gogol, dans la Pléiade : besoin, ce soir, d'une médecine puissante. Sourcils froncés, il veille à rester prisonnier des barreaux de lignes imprimées, à ne pas se laisser happer par un réel indésirable.

La porte s'ouvre sans bruit. Béatrice entre, portant son sac de voyage. Vincent ne lève pas la tête.

Béatrice referme la porte, pose le sac. Attend.

Va s'asseoir sur le lit. Attend.

Ses mains s'agitent sur ses genoux.

Elle porte un jean, des chaussures rouges, une chemise noire. Elle est belle, la lumière caresse de reflets humides sa peau qui transpire, accentue ses cernes bistre.

Artus ne la voit pas.

Il a peur.

Une douleur lui broie les os. Il appelle silencieusement au secours, supplie Tarass Boulba de le garder un moment encore avec lui. Encore un peu sentir l'odeur de la boue dans le campement, l'odeur des feux et du tabac, entendre les chants et les cris des cosaques devant la ville assiégée, le piétinement furieux des chevaux zaporogues. Déjà les barreaux se brouillent, se dissolvent, incapables désormais de retenir son esprit. Il va falloir lever les yeux.

Tenir encore.

Béatrice attend, soupire. Puis, au bout d'un moment, elle sort un briquet de sa poche. Elle s'approche de Vincent, glisse le briquet sous le livre, allume.

Le papier bible s'enflamme bien. Artus ne bouge pas.

Il ne lève pas les yeux. Il sent l'odeur du feu dans la steppe, entend les cris des cosaques. Les flammes lèchent ses doigts. Il ne bouge pas. Béatrice s'empare du livre, le claque violemment, et les flammes s'éteignent dans un nuage bleu. Puis elle le jette par la fenêtre ouverte. On entend la horde braillarde des cosaques s'écraser sur le toit d'une voiture en stationnement.

— Artus ! crie Béatrice. Regarde-moi ! Demande-moi d'où je viens.

— C'est toi, Béatrice. Tu vas bien ? demande Vincent d'une voix qui n'est pas la sienne.

Enfin il la regarde. A qui ressemble-t-elle ? A la femme qui a rendu fou le fils de Tarass ? Ou plutôt à Bella, la Tcherkesse rebelle enlevée par le héros de Lermontov ? Au diable, plutôt. Dans une minute, ils seront en enfer. Elle est partie trois jours, sans dire où ni avec qui. Maintenant elle va parler, comme chaque fois, elle va mentir. Puis elle lui fera payer ces mensonges, cette absence.

Pour l'instant, elle prend les livres sur les étagères, un à un, déchire des pages, les jette sur le sol ou par la fenêtre. Elle sait que les livres sont, dans la maison, les seuls endroits où il puisse encore trouver refuge, encore lui échapper.

Vincent tremble, il est pâle, il cherche des mots.

— Arrête, Béatrice. Je me fais peur.

Béatrice reste une seconde bouche bée.

— Tu te fais peur ! Il n'y a qu'à toi. Tu te crois capable d'un acte ?

— Ne touche plus à mes livres.

— Tes livres. Il est bien temps de t'occuper de tes livres. C'est de moi que tu aurais dû te soucier. Comme tu les regardes ! Comme tu les caresses... Comme ils t'aident à ne pas vivre avec moi, à ne pas vivre avec toi-même, à ne pas vivre ! Si seulement tu me touchais comme tu touches ton Flaubert, ton Tchekhov. Peut-être que je ne partirais pas, Vincent. Peut-être que je ne te trahirais pas, que je ne te mentirais pas. Mais c'est toi qui me trompes, depuis toujours.

Froidement, elle saisit *Le Maître et Marguerite,* qui est à sa portée, le tient un moment suspendu par une page centrale, comme un oiseau mort, et le laisse tomber.

— Quand tu me fais l'amour, quand tu penses à me faire l'amour, ce n'est pas avec moi que tu couches, mais avec je ne sais quelle dinde sortie de ta bibliothèque. Je ne suis pas en papier, Artus, méfie-toi. Je veux que tu t'occupes de moi. Que tu me touches, que tu me prennes. Je ne te laisserai jamais en paix.

Vincent a commencé à ramasser les livres, à les replacer avec soin sur les étagères.

— Je pars trois jours, et tu ne me demandes rien. Même pas de qui est le foutre qui me remplit le ventre.

Les mots des livres sont doux, paisibles, désamorcés. Ils pansent, ils éclairent, ils sont la vie. Artus voudrait n'avoir pas d'autre vie que celle-là. Ceux qui sortent de la bouche de Béatrice ont des épines, ils lui ravagent l'intérieur, ils se plantent en lui profondément, pour le déchirer dès qu'il voudra bouger.

Dans le lit, elle se serre contre lui, qui se tient à l'écart.

— Caresse-moi, Vincent.

— Va te laver.

— Ce n'était pas vrai. Je suis propre. Je te le jure.

Il sait qu'elle ment. Il sait qu'elle jouit de ce mensonge.

Il sait aussi qu'elle le lui avouera tout à l'heure, quand il aura mêlé, dans son sexe, son sperme avec celui d'un autre.

Il sait aussi qu'elle pleurera. Elle lui dira je

détruis tout. Elle lui dira quitte-moi, Vincent, je ne vaux rien, je ne vaux pas la douleur que tu endures. Et disant cela, elle ne fera que le ligoter plus solidement que jamais à son amour.

49

Vincent parvint à maîtriser le début d'incendie. Camille le regardait s'agiter, nu, le baquet à la main, à la lueur des flammes naissantes. Elle alluma une autre lampe afin de continuer à profiter du spectacle. Mais cela ne l'amusa bientôt plus. Elle enfila son tee-shirt et l'aida à balayer l'eau mêlée de pétrole et de débris de verre.

— Allez vous rhabiller. Vous êtes en présence d'une jeune fille, dit-elle en posant la main à plat sur son dos, dans une ébauche de caresse.

Il bondit comme sous l'effet d'une brûlure, et obtempéra.

— Nous pourrions faire une promenade, plutôt que de rester enfermés ici. Nous n'avons pas sommeil. Comme ça, vous aurez moins peur de moi.

— Je n'ai pas peur, soupira Vincent.

Les nuages coulaient sous la lune. La brise faisait geindre les arbres, un murmure plaintif montait des troncs. Des cris claquaient comme des linges, des appels filaient. La barque cognait contre l'étai.

— Allons sur l'eau. Faisons un tour en barque.

— Il fait noir.

— C'est la lumière qui nous convient. Ne soyez pas fâché, Vincent, c'est moi qui devrais l'être.

— La barque est cadenassée.

— J'ai trouvé une clé dans le tiroir, hier. Ce doit être la bonne.

— Il n'y a pas d'avirons.

— Dans l'appentis, avec les vélos. Allons, venez, je suis sûre que vous n'avez pas ramé depuis longtemps. Soyons romantiques.

Tout est lugubre et noir. Artus a l'impression d'enfoncer les rames dans une encre épaisse. Camille s'est assise en face de lui. Il aperçoit son visage au gré des trouées intermittentes dans les nuages. Elle ne sourit plus. Il ne voit que sa bouche et ses yeux noirs. La nuit résonne comme une crypte.

— Vous entendez ?

Vincent arrête de ramer.

— Des bruits de pas, murmure Camille.

— Je n'ai rien entendu. Arrêtez de faire l'enfant.

— Ce sont les lavandières.

— Des lavandières ?

— Elles viennent la nuit au bord des étangs,

pour laver les âmes des enfants morts sans baptême. Vous êtes baptisé ?

— Oui.

— Pas moi. Vous croyez que mon âme aurait besoin d'être lavée ?

— Rien ne presse. Parlez-moi des lavandières.

— Elles lavent aussi le linge des morts. Vous voyez, si je meurs ici, je n'aurai pas de problème de blanchisserie.

— Vous pensez mourir ici, Camille ?

— Cela ne dépend pas de moi.

La barque dérivait, poussée par le vent.

— Pourquoi m'avoir amené ici ? demanda Vincent d'une voix douce.

— Peut-être pour trouver les lavandières... Mais non. Je n'ai pas espéré trouver quoi que ce soit. Je me sens tellement sale, Vincent. Je ne sers à rien, à personne.

— Vous vouliez trouver votre mère. Vous vouliez que je vous aide.

— Je voulais peut-être... que vous m'aidiez à la rejoindre... Vous ne comprenez pas ? Mais vous manquez de courage. Vous n'osez même pas me toucher...

— Et moi... Qui m'aidera, moi ?

— Oh, vous. Ce n'est pas pareil. Vous avez votre ami Sémione, n'est-ce pas. Vous avez vos malades, vos lectures, vos habitudes. Votre perroquet. Vous êtes utile, en quelque sorte.

Elle se tut. Ils flottaient dans une nuit de cendre et d'encre, seuls, loin de tout, cernés par une nature peuplée de lavandières, de biches blanches et de loups

50

Béatrice n'avait pas quitté son mari pour se retrouver enchaînée ! Or tout lui était chaîne. La tendresse d'Artus, quand il en faisait preuve. Sa faiblesse, lorsqu'il se laissait blesser sans réagir. Sa force, quand il restait indifférent, s'enfermant dans ces livres qu'elle détestait plus que tout au monde. Tout lui était chaîne, entrave, provocation, défi. En Artus se fondaient tous les empêchements.

Pourtant, Vincent ne cherchait guère à entraver Béatrice. Elle ressemblait à Pumb qui, sur son perchoir, protestait contre le fil qu'on ne lui avait pas mis à la patte, contre une interdiction de fuir que lui seul s'infligeait. Comme Pumb, elle préférait accuser Artus plutôt que ses propres ailes.

Mais il ne faut pas chercher à blanchir Vincent Artus.

Pas de victimes, en amour. Il n'y a que des bourreaux.

N'avait-il pas martyrisé Béatrice, en acceptant silencieusement les blessures qu'elle lui infligeait ?

Ne l'avait-il pas torturée, en ne se rebellant pas, en se soumettant à ses colères, ses humeurs, ses insultes, ses absences, ou pire, en cherchant à les comprendre ?

Après le crime, l'oubli s'imposait comme unique moyen de retrouver la paix.

Il ne sait plus pourquoi il l'a tuée. Il l'a tuée sans plaisir, on peut dire à regret. Une main le guidait. Il l'a tuée parce que tout s'y prêtait : les nuages en maraude sur les cimes d'Hayra, le galop des pottocks, l'appel de l'olifant traînant depuis des siècles autour de Roncevaux, roulant le long des pentes, s'insinuant dans les crevasses, glissant sur les torrents à la recherche d'une oreille amie à jamais absente. Il l'a tuée. Pouvait-il agir autrement ? Pouvait-il continuer de supporter qu'elle l'empêche de lire ?

Il fallait qu'il conclue, qu'il pose le point final. Ce n'est pas le cœur léger qu'il revint à Paris, mais avec, du moins, le sentiment d'avoir agi en toute logique, d'avoir obéi à un destin beaucoup plus fort que lui. Il eût été vain de lutter.

Ensevelir Béatrice, en même temps que des mois de vie partagée, lui fut une grande fatigue. Mais à ce prix, il retrouverait la tranquillité du dispensaire, l'amitié intacte de Sémione, la paix d'une nouvelle existence troublée seulement par le bruit cascadant et inextinguible, en lui, des pierres d'Hayra.

Un seul mot, en vérité, avait suffi à couper court à l'errance terrestre de Béatrice. Un mot, comme un fanion noir marquant le terme d'une ligne qui partait des Fosses-d'Avant (Indre,

17 février 1954), formait une inextricable pelote sur Paris et les environs, avec quelques boucles filées jusqu'à Londres, Bruges ou Florence, pour sinuer, via la côte atlantique, jusqu'au ravin d'Hayra (été 1985) : toute une vie.

Quel besoin, aussi, avait-elle eu de le prononcer ? Béatrice ne gardait rien. Les mots la traversaient, ils fusaient d'elle comme les étourneaux hors des arbres d'hiver. Elle ne cherchait ni à les retenir, ni à savoir où ils allaient.

Vincent et Béatrice écoutaient la mer mugir autour d'eux, cette nuit-là. Debout, seuls, sur le Rocher de la Vierge, à Biarritz. Les étoiles tremblaient dans le vent. Le mot fila, sombre et fatal, en direction des Pyrénées, à l'est de la Rhune. Artus le regarda disparaître avec tristesse et soulagement. La voie était tracée : il proposa une excursion vers la vallée des Aldudes pour le surlendemain.

51

Ce sera la dernière promenade en barque sous la lune.

Et qui sait, pour Camille, la dernière promenade. Car Artus s'est approché d'elle. Il a quitté la place du rameur pour s'asseoir sur le deuxième banc, plus près de la poupe où elle se tient, frêle et pâle. Leurs genoux se touchent presque. Ils ne peuvent pas voir, là-bas, dans la maison, Pumblechook se débattre sous sa cloche de tissu, faire tomber son perchoir, quitter haletant la maison par la porte entrouverte, s'installer sur la rambarde en bois, d'où il scrute en vain l'étang de ses yeux rouges et myopes.

La barque penche vers l'arrière, et l'eau arrive à quelques centimètres du plat-bord où s'appuient les mains de Camille. Ils parlent à voix basse, comme deux enfants dans une chambre obscure. Des oiseaux chassent dans le noir.

— Voilà où nous en sommes, dit Vincent désolé, et elle ne répond pas.

Voilà où ils en sont. Elle a voulu tout cela, cette barque, cette nuit, ce silence, et le loup.

Elle n'a plus besoin des mots de Vincent. Elle n'attend que ses mains.

Et les mains d'Artus se lèvent vers la tête de cette jeune fille, lentement. Ah, il n'aime pas ça. Elles la prennent, cette tête, et semblent la porter en offrande. Il ne voit que deux grands trous noirs dans le visage, et ces lèvres qui restent immobiles. Elle ne l'aidera pas.

Croient-elles donc cela si facile ?

Non, vraiment, il ne parvient pas à retrouver l'entrain de jadis, à Hayra. L'air était plus vif, alors, et lui-même plus jeune, plus nerveux, plus entreprenant.

Les mains descendent à la base du cou, les pouces forment un accent circonflexe sur la peau blanche comme une page.

Il ne peut pas. Trop tôt, trop tendre cette peau. Les mains tombent sur les genoux de Camille.

— Vous ne m'aidez pas. Si vous aviez peur, si vous résistiez...

— Pourquoi aurais-je peur ? Je savais que vous ne le feriez pas, répond une voix froide.

— Vous ne m'en croyez pas capable, soupira Artus. Vous avez raison.

— Vincent, je ne suis pas naïve. Capable, vous l'êtes... mais pas assez inquiet. Pas encore.

— Dites-moi ce que vous cherchez, une bonne fois. Ce que vous voulez. Finissons.

— Je vous l'ai dit : je cherche ma mère. Tôt ou tard, vous m'apprendrez où elle se trouve. C'est un pari que j'ai fait avec moi-même.

— Et comment le saurais-je ?

— Voyons, Vincent. Elle est là où vous l'avez mise.

Comme elle est loin, la jeune fille aux seins odorants qui tout à l'heure se penchait vers lui, Camille perdue, fragile, quémandeuse d'amour! Et l'incendiaire, la coléreuse!

— Vous pariez souvent avec vous-même?

— Oh, ce ne sont pas de vrais paris : je n'ai rien à perdre.

— Mais cette parade séductrice, Camille? Cette ignorance feinte, cette patience, tous ces mois... Ces effusions, ce désir d'être aimée, cette envie de mourir... Vous avez joué la comédie?

— Jamais. Je ne jouais pas : je me forgeais des illusions. Je ne recommencerai plus — à supposer que j'en aie le loisir. Maintenant je sais ce que je peux attendre de vous.

— Vous m'avez mis à l'épreuve. C'est prétentieux, c'est dangereux. Et pourquoi m'avoir amené ici? Vous pensiez que je connaissais cet endroit, vraiment, qu'elle me l'avait montré?

— J'ai toujours été certaine du contraire. Mais je pensais que le choc de certaines révélations vous aiderait à vous dévoiler un peu, à votre tour. Vous êtes tellement réservé. Je ne me suis pas trompée, n'est-ce pas? Vous allez me le dire, vous allez me dire où elle est...

Le ton de leur voix n'a pas monté. La barque, poussée par un vent de plus en plus fort, tournoie lentement à la surface. Cris d'oiseaux et de bêtes, et au loin le bruit d'un moteur.

— Et si je le savais... Quel intérêt à partager ma science?

— Ce serait un échange. Je pourrais vous aider à comprendre ma mère, cette part d'elle qui vous a échappé. Vous dire, par exemple, pourquoi elle venait ici. Et avec qui...

— Vous aimez le risque, Camille. Commencez, alors.

Elle a un sourire inquiétant, et un petit mouvement de la tête pour marquer son accord.

— Dans la valise. Vous vous souvenez de la valise. J'y ai trouvé l'acte de propriété, et les clés de cette maison. Et aussi quelques photos. Et aussi quelques lettres.

Un silence. Elle peut se faire prier : Artus a tout son temps, la nuit commence à peine. Camille murmure.

— Certaines lettres sont de la main de ma mère. Jamais envoyées. Elles présentent à première vue un simple intérêt d'archéologie sentimentale. Hier je t'ai fait mal, avant-hier tu m'as écorchée vive, on s'adore, on se dépèce, pourquoi, pourquoi, bref la sempiternelle confiture amoureuse, toujours aigre et déplaisante pour celui qui n'est pas dans la cuisine, et ne bénéficie que des odeurs refroidies. Inutile d'entrer dans le détail, elle a dû vous envoyer les mêmes cinq ans plus tard. Oh, mais je vous vexe, peut-être. Je suis si maladroite.

Camille semble épuisée. Les sarcasmes s'émoussent dans un filet de voix.

— Continuez, dit la voix douce de Vincent.

— Les autres lettres ne sont pas de la main de ma mère. Elles sont signées, bien sûr, par le destinataire des premières. Plusieurs sont mouillées de larmes. A moins qu'elle ne les ait lues en lavant la salade.

— Que disent ces lettres ?

— Oh, même confiture. Mais les morceaux plus joliment coupés et assortis, vous voyez. Une belle variation épistolaire sur l'amour, mieux dosée en sucre et en citron. L'auteur est plutôt bel homme. On le voit sur une photo. Et notez la coïncidence : la photo a été prise ici même, devant la maison.

— Comment savez-vous qu'il s'agit du même homme ?

— Au dos du cliché, ma mère a écrit une date : Juillet 81. Et un prénom. Le même que celui des lettres.

52

Finir.

Camille va prononcer le mot que prononça sa mère, un soir d'été, sur le Rocher de la Vierge. Artus sent enfin monter dans ses mains la force enthousiaste de naguère. Il n'est pas si difficile de tuer, quand la nécessité s'en impose avec suffisamment de chaleur. Il sait d'avance que ce geste le désolera, peut-être davantage encore que le premier, mais qu'y faire ? La vie ne sourit pas aux tendres. Elle est maligne, contrariante.

Béatrice tourna vers lui son visage rafraîchi d'embruns, elle prononça ce mot, Bruno, le prénom de son seul ami, et il y eut une telle méchanceté dans la pâleur de sa peau, une telle cruauté dans le mouvement de ses mèches brunes soulevées par le vent, la nuit mugit et cingla autour d'eux avec une telle effrayante puissance, soudain, que les phrases prononcées ensuite par Béatrice furent aussitôt happées par l'oubli ; et quand Vincent, le surlendemain, dans un ravin des Pyrénées proche de Roncevaux, fit chanter des pierres sur le corps aimé, ce ne fut pas dans l'ivresse de la vengeance — déjà le prénom s'était dissous dans une bienfaisante amnésie — mais dans la seule conscience d'une nécessité imparable et claire : il pleura, oui, comme on pleure sur le quai d'une gare, en voyant à jamais s'éloigner l'être cher.

Certains partent, d'autres restent : c'est une loi terrible dont il ne nous appartient pas d'apprécier l'équité. Artus observa un moment les pottocks galopant au ras des nuages, tandis que s'éteignait le dernier écho des pierres sur la pente. Il restait.

Ce soir, sur cette barque, tous les mots lui reviennent en horde, bondissants, lumineux, tous les mots oubliés.

Béatrice prononça le prénom de Sémione, et elle cracha ensuite des phrases dont il ne mit pas un instant en doute la véracité, tant elles étaient monstrueuses : *Bruno, oui. Je l'aime, depuis longtemps, écoute bien, depuis si longtemps. Bien avant que j'aie quitté mon mari, ma fille, ma maison. Bruno Sémione. Il m'a abandonnée un temps, c'est vrai. Mais je suis en train de le reconquérir. Tu entends ? Vivre avec toi n'a été qu'un moyen de le blesser. Une étape dans la reconquête... Tu as mal ? Moi aussi, j'ai mal. Tu ne sais pas ce que j'ai souffert, Vincent. Tu ne sais pas ce que m'a coûté chaque jour avec toi. J'ai essayé de t'aimer, pourtant, je te le jure. Mais tu ne m'as pas aidée. Toi et tes livres... Toi et ton silence... Pire que mes mots, ton silence...* — phrases énormes, impensables, aussitôt englouties dans un néant immémorable.

Camille, à son tour, prononce ce mot. Elle dit que Bruno Sémione a été l'amant de sa mère. Elle dit que Sémione n'a pu que trouver suspecte la disparition de Béatrice : la dernière lettre de celle-ci, non envoyée, mais datée de mai 85, peu avant son effacement, fait allusion à une récente conversation téléphonique. Béatrice devait le harceler pour reprendre la vie commune et quitter Artus.

— Vous croyez donc que je l'ai tuée... Vous croyez aussi que Sémione a gardé le silence malgré ses soupçons... Lorsque vous êtes venue me voir, vous sembliez persuadée qu'elle était vivante. Vous mentiez.

— Je n'ai pas menti par plaisir, Vincent. Qu'aurais-je obtenu sans cela ? Dites-moi où elle est, maintenant, dites-le-moi, finissons-en.

— Pourquoi ne pas avoir prévenu la police ? Vous pensez avoir plus de chances de me faire parler, vraiment ?

— Vous avez déjà été interrogé, et blanchi. J'ai plus de chance qu'eux, n'est-ce pas ? Vous allez me parler. Qu'avez-vous fait d'elle ? J'ai besoin de savoir où elle est, qu'elle cesse de flotter comme une âme errante. Je ne vous lâcherai pas avant. Savoir, ce sera comme lui trouver une tombe, pour en finir avec elle.

Finir, oui. Lui donner ce qu'elle attend, allons,

lui donner sa mère, lui donner la paix, la réponse à tout. Les mains d'Artus s'envolent comme des ailes, laisse-toi porter, laisse-toi faire, la mort n'est pas si froide. Tu as vraiment cru, pauvre petite, que je parlerais. Que je prononcerais le nom d'Hayra, que j'ouvrirais la brèche dans mes propres remparts.

Mais au moment où ses mains atteignent le cou de Camille, une masse énorme écrase la poitrine de Vincent. Souffle coupé, sans voir les jambes jointes de la jeune fille qui viennent de se détendre comme deux bielles, il se sent soulevé vers l'arrière, et sa tête cogne durement un tolet. Cependant Camille, dans son mouvement, s'est déséquilibrée : son corps hésite un instant entre la barque et l'eau avant de s'écraser au milieu des nénuphars qui luisent sous la lune. Vincent s'est redressé, il inspire avec un bruit de gorge qui résonne dans la nuit ; il se précipite vers le plat-bord, tente de saisir dans l'eau le cou de Camille, mais la tête et les cheveux glissent sous ses doigts, disparaissent de nouveau.

Une hulotte appelle, la nuit craque.

L'aviron se lève dans le ciel, s'abat dans un fracas liquide à l'endroit où les cheveux noirs ont disparu en bouillonnant. Au deuxième coup porté, Artus sent qu'il a touché une masse souple : une épaule, une cuisse ? Plutôt le dos, à en juger par le bruit creux qu'il lui a semblé entendre. Là, sur la gauche, à un mètre : un cri sourd, une sorte de feulement — Camille vient d'émerger, à bout de souffle, avant de disparaître une nouvelle fois. Rapide comme un fléau, l'aviron se lève et s'abat à plusieurs reprises, sans rencontrer d'autre résistance que celle de l'eau.

Nuit lourde de la Brenne, où coasse l'oiseau-lupeux porteur de malédictions, nuit lacérée par les détonations du bois sur l'eau, par les ahanements d'Artus — presque des gémissements. L'aviron fouaille et claque, métronome de mort que Camille voit peut-être se dresser une dernière fois contre le ciel, au-dessus de sa tête, prêt à marquer la fin de la danse.

Mais non : sur la droite, un remous de feuilles, un froissement d'eau ! Il a cru voir glisser son corps à la surface. Aussitôt, se servant de la rame comme d'une perche, il propulse la barque dans cette direction.

Trop tard, il s'est trompé. Elle est derrière, dans les roseaux. Il vient d'entendre les craquements répétés des tiges, à plusieurs mètres de lui. Elle a pied, maintenant, et se dirige à toute allure vers la berge. Mouvements précipités de la barque à la poursuite d'une rumeur. Camille patauge dans la vase, on entend le bruit de succion de ses pas. Vincent jette l'embarcation contre les roseaux, saute dans l'eau, toujours muni de son aviron brandi vers la lune. L'eau jusqu'à la taille, l'eau résiste, cherche à le retenir, l'eau est mauvaise, elle colle comme une poix. Les pas de Camille résonnent maintenant, plus rapides, sur la terre sèche. Il les entend s'éloigner dans un pétillement de branches.

L'aviron inutile s'abat une dernière fois.
Le souffle manque.
Les genoux s'affaissent.
Artus, vaincu, s'assoit dans l'eau.

53

De nouveau courir, projeter à travers les buissons hérissés ce corps qui rechigne.

La maison. Camille s'y est peut-être réfugiée.

Il trébuche sur des troncs, dans des trous invisibles. Il a le cœur au bord des lèvres. L'excès et la soudaineté de l'effort, peut-être, ou l'odeur de vase dont il est imprégné, ou encore le froid de ses vêtements mouillés. Ou le dégoût. Il se sent vieux et pitoyable. La vie ne l'aime pas. Elle ne lui sourit pas. Elle rend tout difficile et amer. Pour un peu, il appellerait Camille. Reviens, voyons, reviens, petite. Comme il regrette Hayra, son oxygène, ses cavalcades de nuages et de pottocks, le carillon du torrent sur les pierres, comme tout était simple, alors. Ses chaussures, dans sa course, font un ridicule bruit d'éponge. Il déteste avoir les pieds mouillés, il déteste cette nuit, cet étang, il court aveuglément vers la maison, mains en avant pour éviter les branches hérissées d'aiguilles, ses poumons brûlent, Béatrice, regarde ce que tu as fait de moi.

Vincent s'arrête à quelques mètres de la maison pour reprendre son souffle. Il approche silencieusement par l'arrière, usant d'un maximum de discrétion pour observer l'intérieur à travers la fenêtre. La pièce, restée dans l'état de désordre où ils l'ont laissée, semble déserte. Une clarté laiteuse pénètre par les fenêtres de l'autre façade, et par la porte entrouverte. Personne, non plus, dans la chambre. Artus fait le tour du bâtiment, avance sans bruit sur la plate-forme en planches. Méfiance. Il pousse la porte d'une main, tout en restant en dehors de l'encadrement. Pas un bruit.

Il a à peine le temps de sentir une présence derrière lui. Un bruit soudain, un cri strident contre son oreille, une pression douloureuse sur son épaule. Artus fait un bond de côté, le cœur cognant à toute volée, et met quelques instants avant de reconnaître l'odeur familière, un peu âcre, de Pumblechook. Il prend l'oiseau entre ses mains, le serre sur sa poitrine, pénètre dans la maison.

La pièce lui semble à l'image de sa vie. Il n'a pas envie d'y rester. Camille n'est évidemment pas venue ici : elle aurait laissé, comme lui en ce moment, des traces d'eau sur le parquet. Il frissonne, mais ne prend pas le temps d'enfiler des vêtements secs. Il ne faut pas qu'elle s'échappe.

L'endroit, le moment invitent au crime : il faut se plier à cette déplaisante évidence. Il sera trop difficile, plus tard et ailleurs, de s'assurer du silence de la jeune fille. Artus pose le perroquet sur le perchoir, et sort en fermant la porte.

Le camion. Pourvu qu'elle... Non. Les clés sont dans sa poche. Il se met néanmoins à courir vers l'entrée du chemin. Cette furie est bien capable de connaître la mécanique, ou de faire démarrer un camion par simple imposition des mains. Il se souvient brusquement qu'il lui a semblé entendre, tout à l'heure, le ronronnement d'un moteur.

Le camion est toujours là, amical, phares écarquillés dans l'ombre. Artus ouvre la portière avant : personne. Il grimpe sur le siège, passe dans l'habitacle. Rien. Son désert familier. Camille doit s'être réfugiée dans la forêt pour y attendre l'aube afin de rejoindre plus facilement Rosnay à travers bois, sans danger d'être rattrapée. Vincent décide de tenter malgré tout sa chance sur la route. Peut-être commettra-t-elle l'imprudence de la rejoindre, par crainte de s'égarer dans le fouillis des chemins enserrant les dizaines d'étangs. Il roulera au pas, tous feux éteints, et se postera à la sortie du bois, à deux kilomètres du village. La paix coûte trop cher, se dit-il en tournant la clef de contact.

Il s'apprête à passer la marche arrière lorsque l'habitacle est inondé, à trois reprises, par une lumière vive.

Du calme, voyons, Artus. Il n'y a pas de quoi trembler. Tu as déjà vu des appels de phare.

54

Vincent descend lentement du camion. Il n'est pas pressé de savoir. La paix est chère, et jamais assurée. Il marche, les yeux baissés, vers l'arrière du véhicule. Quand il lève le regard, il reconnaît immédiatement la vieille Volvo garée à quelques mètres, au milieu du chemin. La Volvo qui lui avait été prêtée, un été, pour partir avec sa compagne en vacances dans les Pyrénées, lorsqu'il ne possédait pas encore de camion. Malgré l'obscurité, il sait que la teinte de la carrosserie est de tilleul fané, que le toit est cabossé en trois endroits (chute d'outils d'un échafaudage, rue Clisson), que le flanc droit porte une balafre ondulée (sortie consultation toxicomanes), et que l'homme dont il entrevoit la silhouette à travers le pare-brise n'est autre que le docteur Sémione Bruno, directeur de dispensaire à Paris treizième, ex-personnage d'une nouvelle de Tchekhov, amateur de thé, de pipes et de silence, et, Artus s'en souvient enfin maintenant, ancien amant, c'est sûr, ancien amant de, oui.

La porte du passager s'ouvre en grognant.

Vincent prend place, referme. Il entend le grésillement familier du tabac dans le fourneau de la Peterson, et une faible rougeur éclaire un instant l'intérieur de la voiture.

— Tu sens la vase, note Sémione.

— Je voudrais une cigarette.

Sémione fouille le vide-poches, en extrait un paquet de Gauloises hors d'âge.

— Tu grelottes. Où est la petite ?

Artus lève les mains, désignant vaguement l'étang tout en exhalant un épais nuage de fumée.

— Il le fallait, soupire Sémione, qui a mal interprété le geste.

— Non non, corrige Artus. Elle est par là, dans les bois. Elle court.

— Pourquoi courir ? Et vers où ?

— Vers la gendarmerie la plus proche, je suppose. Il ne faut pas compter sur les loups pour l'en empêcher.

— Quelque chose à faire ?

Trois minutes plus tard, la Volvo roule, tous feux éteints, à vitesse réduite, sur la petite route. De part et d'autre, les nuages se reflètent à la surface des étangs : les deux hommes ont l'impression de rouler en plein ciel.

Ils se postent à l'abri d'une haie, avant le village. Camille ne pourra arriver que par ici, à moins de faire un très grand détour par la forêt du Bouchet, explique Sémione.

— Tu connais la région, c'est vrai, dit Vincent.

— Je t'avais pourtant conseillé de ne pas suivre cette fille.

La route restait déserte. Trois heures et demie, indiquaient leurs bracelets-montres. Sémione se tourna vers le siège arrière, en rapporta une thermos et des gobelets en carton. Quelques instants plus tard, le thé fumait sous leurs nez, et ils durent ouvrir un peu afin de chasser la buée qui commençait à se former sur les vitres. Quand les gobelets furent vides, le bon Sémione y versa du bourbon, tiré d'une fiasque fournie par le providentiel vide-poches.

— Alors tu as su, pour Béatrice. Tu as deviné. Tout de suite, sans doute. Je regrette, je regrette tout.

— Il le fallait, trancha Sémione qui, dans le registre de la consolation, se montrait aussi efficace que peu inventif.

— Tu ne m'en as pas voulu, vraiment ?

— C'était un tel désordre, cette femme. Elle me harcelait, moi aussi. Elle voulait revenir vivre avec moi. Dans le fond, elle ne nous aimait ni l'un ni l'autre. C'est... — Sémione hésita, un peu confus — c'est notre amitié qu'elle haïssait. Elle voulait la détruire. Cela se serait mal terminé. Je veux dire, encore plus mal. Tu n'avais pas le choix.

— J'ai essayé de ne pas la faire souffrir, marmonna Artus. J'avais l'intention d'aller me dénoncer, ensuite, mais l'envie m'a quitté.

— Pourquoi contrarier le destin ? Tu es fait

pour le silence, la discrétion. La contemplation. La vie ne t'a pas épargné. Et pourtant tu as réussi à ne pas faire de bruit. Personne ne te le reprochera

— J'ai eu de la chance, fit Artus, modeste.

Les heures passaient.

Ils eurent à plusieurs reprises l'impression de voir avancer la silhouette de Camille le long du bas-côté. A chaque alerte, l'un des deux posait brusquement la main sur le bras de l'autre, comme pour le faire taire — précaution bien sûr inutile.

Bientôt, une lueur, d'abord imperceptible, commença de délayer la pénombre, vers l'est. Ils avaient épuisé les munitions de thé, de bourbon, de tabac. Ils se sentaient la langue épaisse, la gorge sèche, les yeux brûlants. Ils purent s'observer à la dérobée dans le jour naissant : chacun vit l'autre blafard et transi, chacun pensa nous voilà vieux.

Camille ne viendrait plus.

— Et maintenant? demande Sémione après avoir garé la voiture derrière le camion.

— Maintenant, rien. Je vais attendre un peu dans la maison. Au cas où elle reviendrait avec les gendarmes. Je ne veux pas avoir l'air de fuir.

— Je reste avec toi.

— C'est le plus mauvais service que tu puisses me rendre. Non : tu rentres à Paris. Tu t'occupes du dispensaire.

— Inutile. J'ai pris une semaine, on me remplace.

— Va te promener aux Buttes-Chaumont, alors. Je suis sûr que tu n'as jamais traversé la Seine. Et n'oublie pas le poker, vendredi soir. Chauffe ma place, je ne serai pas long.

Sémione hésite, souffle, hoche enfin la tête en signe d'assentiment.

Artus, debout près de la voiture, lui ébouriffe affectueusement la tête à travers la portière ouverte.

— Sois sans crainte. Elle s'est crue forte. Elle s'est fait une idée de la vérité, de la justice. Elle doit se rendre compte maintenant qu'elle a présumé de son énergie. Ce sont des idées coûteuses... Je serai bientôt fixé : soit elle est partie chercher du secours — mais que pourrait-elle prouver ? Rien. Soit elle est rentrée chez elle, à Paris, panser son amour-propre et réviser ses examens.

55

Soit, bien sûr, elle est revenue m'attendre dans la maison, pendant que je risquais une pneumonie à la guetter au bord d'une route, se dit-il en trouvant Camille allongée dans son duvet, sous l'œil attendri de Pumblechook.

— Vous allez me le dire, maintenant, affirma Camille qui s'était redressée dès son entrée dans la pièce.

— Elle recommence, dit Artus à Pumb, d'un ton las.

Il alla fermer la porte, posément. Tourna la clé dans la serrure. La mit dans sa poche.

— Je n'ai pas peur de vous, prévint-elle.

Mots inutiles : tout son corps le disait pour elle, debout sur le matelas de mousse, en sous-vêtements, son corps radieux et souple, prêt à bondir, à glisser et à fuir, prêt peut-être à faire mal, son corps moqueur qui déjà criait victoire.

Artus s'assit sur une chaise, sortit la clé de sa poche, la jeta vers elle. Qui la ramassa, alla ouvrir, et se tint dans l'encadrement, dos tourné à Vincent, un bras levé, posé sur le chambranle, à humer les odeurs que l'aube faisait monter de l'étang.

Il se leva, s'approcha d'elle. Elle ne se retourna pas.

— Vous n'avez vraiment pas peur, dit-il près de son oreille. C'est humiliant.

Pas de réponse. Elle se contenta de secouer légèrement la tête, et ses cheveux dégagèrent un parfum affolant. Artus glissa ses mains sous les aisselles de la jeune fille, emprisonna ses seins dans ses paumes. Ils étaient fermes et joyeux sous le nylon du soutien-gorge.

Elle baissa les bras, se retourna en saisissant sans violence les mains d'Artus pour les écarter d'elle.

— Cette nuit, pourtant, fit-il remarquer.

— C'était avant la promenade en barque, lui rappela-t-elle, souriante. N'y pensez plus. Il semble que nous soyons destinés à nous quitter prochainement. Laissez-moi m'habiller.

Il la suivit dans la chambre, la regarda enfiler un pull et un jean, ramasser ses affaires pour les enfourner dans son sac.

— Vous devriez faire pareil. Inutile de perdre davantage de temps ici.

— Nous partons ?

— Bien sûr.

— Nous rentrons à Paris ?

— Vous savez bien, Vincent. Vous savez où.

— Vous y tenez, vraiment.

Elle y tenait, vraiment. Pourquoi, se demandat-il, lui refuser cette ultime satisfaction. Il se souvint du serment d'Hippocrate, et de ses préceptes miséricordieux. Il l'emmènerait auprès de sa mère. Elle connaîtrait Hayra.

Artus pensa avec émotion qu'en ce moment même, le brave Sémione devait scruter le bas-côté de la route, vers Mézières ou Vendœuvres, à la recherche d'une jeune auto-stoppeuse qu'un coup de volant accidentel pourrait envoyer danser dans les airs, libérant ainsi son ami d'un cauchemar aux yeux trop noirs, aux lèvres trop rouges, aux seins trop éloquents.

56

Au matin, ils quittent la maison de l'étang. Peu de mots, peu de gestes. Artus conduit lentement. Voulant éviter les grands axes routiers, il emprunte de petites départementales qu'il connaît mal, et se trompe souvent. Vers huit heures du soir, sans savoir comment, ils arrivent dans le village d'Azur, où ils dînent. Camille veut voir la mer ; ils marchent longtemps sur la plage qui file sans interruption jusqu'à l'embouchure de l'Adour, vers l'Espagne. Les nuages semblent plus épais que la veille, plus pressés aussi, et la lune ne fait que de brèves apparitions. Ils marchent dans un tunnel de sable, entre la dune et les rouleaux qui viennent exploser inlassablement sur leur droite, crêtés d'une écume lumineuse dont le vent arrache des lambeaux. Les mouettes ont abandonné jusqu'à l'aube les cadavres de dauphins qui, par dizaines, jonchent le sable, gonflés comme des outres.

Ils dorment dans le camion, d'un sommeil inquiet. Une pomme de pin vient parfois frapper lourdement la tôle du toit. Pumb manifeste beaucoup d'amertume au sujet de ces conditions de vie trop mouvementées ; il en perd l'appétit, le sommeil ; sa mauvaise humeur, ses plaintes incessantes, depuis le départ, ajoutent encore à la tension régnante.

Ils rejoignent au petit matin la nationale menant à Bayonne. Les nuages s'amoncellent contre la barrière des Pyrénées. Le déluge se déclenchera alors que le camion oblique sur la droite, après Cambo et Bidarray, en direction de Saint-Etienne-de-Baïgorry.

On pourrait être en mer, dans la coupée d'un chalutier en perdition. Le camion tangue et craque, l'avant se soulève en gémissant pour passer l'obstacle d'une pierre saillante et retomber un peu plus loin dans un fracas d'amortisseurs épuisés. Les essuie-glaces écopent en vain des paquets d'eau qui éclatent en gerbes grises de chaque côté. Le moteur tousse et brame, les roues chassent, s'enlisent dans les graviers du chemin transformé en torrent.

Le camion s'enfonce dans les nuages. L'eau gronde tout autour d'eux, enragée, elle s'infiltre dans les joints des portières et du toit, les harcèle d'un tambourin de grêle. Vincent voit à peine à trois mètres. Camille, pâle, les mains crispées sur le tableau de bord, ne dit rien. Le camion gagne mètre par mètre sur la pente, comme pour échapper à la menace d'un flot montant. Artus ne reconnaît rien, dans cette furie. Il gardait d'Hayra le souvenir d'un monde de fraîcheur, de lumière, peuplé de vautours fauves, de moutons noirs et de pottocks ; il retrouve un enfer d'eau et de vent, de boue, de cailloux glissants, d'herbes jaunes, un enfer spongieux et glauque, une infinie noyade. Oh, la cantilène des pierres sèches sur le corps de Béatrice, la chanson mélancolique et douce de la délivrance ! Camille n'aura pas cette chance. Elle s'éteindra dans un remous de boue et de grisaille, sa mort ne fera pas de bruit.

Soudain, un violent cahot. Le nez du camion se dresse vers les cimes, se penche sur le côté, et l'on entend le sol s'effondrer sous la roue avant droite. Ils peuvent maintenant voir, devant eux, à travers les paquets de brume qui roulent, un précipice ouvert. Artus a pu freiner au dernier moment. Il n'avait pas aperçu le virage brusque formé par le chemin. Le moteur a calé. Seuls les essuie-glaces poursuivent leur mouvement de dénégation obstinée.

57

Ils descendent tous deux, avec précaution, sous l'averse battante. Le camion est en équilibre sur trois roues, au bord du vide. Vincent craint que le sol ne se dérobe également sur la gauche, s'il tente une marche arrière. Il sort des sangles d'un coffre, les attache au pare-chocs. Il a mis la boîte de vitesses au point mort, posé des pierres devant les roues. En tirant tous les deux, peut-être parviendront-ils à faire reculer suffisamment le véhicule pour pouvoir manœuvrer.

Mais leurs pieds dérapent, leurs mains glissent et se blessent sur les bandes de nylon ; le camion reste immobile.

Ils se redressent, essoufflés, ruisselants, face à face. Camille s'approche de Vincent, pose sa main sur sa poitrine comme pour trouver un appui. Ils ne sentent pas le froid, ni l'eau qui coule le long de leur cou, de leurs bras, de leurs jambes. Ils sont arrivés au bout. Artus avait pensé aller plus loin, comme avec Béatrice : ils avaient abandonné la Volvo par ici, sur ce chemin, et continué à pied vers l'Espagne et

Roncevaux, par des sentiers impraticables en voiture. Tant pis. Il regarde la roue du camion : il n'a plus le choix, il va tenter de reculer.

— C'est encore loin ? demande Camille, et sa voix supplie, sa voix se dissout dans le chant général de la pluie.

Le bras de Vincent indique une direction vague, c'est par là-bas, mais trop loin maintenant, il faudrait beaucoup marcher, souffrir et ruisseler — ici, là-bas, quelle importance.

Camille n'a pas retiré sa main. Ses doigts sont gourds, elle ne sent rien, pas même battre le cœur de Vincent. Son regard est plus dur et noir que jamais, elle est pleine d'une hâte qu'il ne lui avait jamais connue.

— Vous l'avez tuée, Artus ? — elle crie presque, maintenant, comme de peur que la pluie d'Hayra ne couvre sa voix. Vous me le jurez ? Je veux être sûre. Je veux vous l'entendre dire.

Des gouttes s'écoulent le long du nez d'Artus, tombent régulièrement. C'est une eau qui ne lave rien.

— Elle m'empêchait de lire. Vous ne pouvez pas savoir. Elle mettait le feu partout. Je l'ai tuée, oui. Je l'ai tuée.

— Ici ?

— Ici. Tout près.

Camille baisse le bras. Toute expression a disparu de son visage. Un visage de glace, aux lèvres bleuies.

Artus s'approche du ravin. Il est abrupt et sombre, hérissé de rochers sang-de-bœuf. On n'en voit pas le fond.

Il sent qu'elle n'offrira pas de résistance. Elle est prête, maintenant. Elle voulait simplement savoir.

Il se sent calme, déjà nostalgique. La vie ne m'aura pas épargné, se dit-il en pensant aux paroles de Sémione, dans la Brenne. Il se retourne : Camille est là, immobile, à un mètre de lui, défaite, frissonnante, elle est prête, oui, elle tient encore à la main la sangle de nylon inutile, dont le fermoir métallique traîne dans une rigole. Il ne lui fera pas mal.

— Une cigarette, dit-elle d'une voix qui tremble pour la première fois. Cela se fait. Au sec, dans le camion, s'il vous plaît.

Artus approuve des paupières. Il monte à la place du conducteur, tandis que Camille fait le tour du véhicule. Cette pluie ne s'arrêtera donc jamais. Avant de monter, il a ramassé sur le sol un gros caillou rond, et l'a posé sous son siège. Il attendra qu'elle ait fini sa cigarette.

La porte s'ouvre à l'arrière. Vincent n'a pas le temps de se demander pourquoi Camille ne monte pas par la portière du passager : en un éclair, il a senti glisser la sangle le long de son torse, jusqu'au nombril, et se resserrer violemment, le soudant au siège et lui coupant le souffle. Il entend, derrière le dossier, le bruit du fermoir qui se bloque. Une deuxième sangle, aussitôt, l'immobilise à hauteur des épaules, avant qu'il ait pu tenter d'extraire ses bras. Artus ouvre la bouche et les yeux, semble prêt à s'asphyxier d'un rire incrédule. Mais déjà Camille a sauté par-dessus le siège sur lequel

Vincent rue, se débat, hennit comme un cheval pris au lasso. Elle tient à la main la rallonge électrique du camion, qui rapidement s'enroule autour des jambes et des cuisses. Camille a reçu plusieurs coups de genoux, mais voilà Vincent solidement encoconné. Pumblechook, pris de terreur, volette en tous sens dans l'habitacle, se heurtant aux parois, et finit par se poser sur le tableau de bord, où il continue un moment à crier avant de retrouver son calme.

58

— Vous n'êtes pas beau à voir, constate-t-elle en lui fichant une cigarette allumée entre les lèvres. Dire que nous faisons partie de la même race. Je n'arrive pas à l'admettre. Je voudrais vomir, Artus.

— Je vous ai fait confiance. Je ne voulais pas vous faire mal.

— Votre confiance aussi m'écœure. Vous avez de la chance : bientôt vous ne verrez plus tout ça. Racontez-moi, Vincent. Vous êtes venu ici en voiture. Et puis vous avez marché. Dites-moi jusqu'où.

Vincent lève les yeux. Son regard transperce le rideau de pluie qui flotte sur le pare-brise.

— Nous avons marché. Il faisait doux. Béatrice semblait sereine. Nous avons suivi le sentier pendant une heure. Il faisait doux. En haut, il y a une ancienne cabane de berger. Nous avons continué à monter vers l'Espagne. Encore une heure. Et nous sommes arrivés. L'endroit était parfait. Il faisait doux. Voilà. J'aurais dû tout vous raconter à Paris.

— On ne fait jamais ce qu'il faut.

— Vous saviez tout, dès le début.

— Je voulais être sûre. Vous entendre dire « je l'ai tuée ». Voir l'endroit. Dès que je vous ai connu, j'ai été persuadée que vous l'aviez tuée. Le premier jour, Vincent. Et ce premier jour, j'ai décidé : ce que vous aviez fait, je le ferais à mon tour. Mais il me fallait comprendre. Et il me fallait des preuves. Nous y sommes. Ensuite, j'irai voir le brave docteur Sémione. Je trouverai bien un moyen de rendre son thé amer.

Ils sont loin de tout, isolés par la pluie qui ne cesse de battre avec violence l'habitacle, et rend les vitres opaques. Leurs voix sont aussi douces que sur l'étang, l'autre nuit.

— Ce moment, Vincent, je l'attends depuis notre première rencontre. J'ai cru qu'il donnait un sens à ma vie, vous vous rendez compte. Depuis que nous sommes partis j'essaie de vous pousser à bout, dans l'espoir de vous faire parler. Je vous ai aidé à croire que je me laisserais tuer, moi aussi. La vérité n'a pas bon goût.

— Et maintenant ?

— Maintenant, je vais prendre la pelle pliante, dit Camille d'un ton morne. Je vais creuser sous la roue, puis sous le châssis du camion. Autant qu'il le faudra pour en finir. J'ai hâte d'entendre le bruit. Je voudrais être à demain.

— On me trouvera ligoté. Vous aurez du mal à faire croire à un accident.

— Il faudra bien que je descende pour mettre le feu au camion, n'est-ce pas ? J'en profiterai pour défaire vos liens, avant d'aller chercher du secours.

Elle passe la main sur la joue de Vincent, tristement.

— Je voudrais descendre avec vous. Croyez-moi. Tout cela me dégoûte. Mais je ne peux pas. Je veux que les recherches soient faites. Je veux qu'on la retrouve. Cette voleuse. Je la ferai enterrer proprement. J'irai la voir souvent. Je lui parlerai. Assez, maintenant.

59

Le camion resta un moment en équilibre Lorsqu'il bascula, les deux portières avant s'ouvrirent comme des ailes.

La pluie se faisait plus douce. L'air pesait, sombre, menaçant. Les oiseaux restaient réfugiés dans leurs trous.

Le camion commença de glisser selon la pente abrupte; puis il buta sur un rocher, et entama une série de pirouettes lentes, pataudes. On eût dit une danse d'enfant, pleine d'inexpérience et de bonne volonté. Quelques objets s'échappèrent en plein vol : un sac, une bouteille, une plume rose.

La violence des chocs n'était perceptible que par les bruits, semblables à des craquements d'os. L'engin, pris d'ivresse, sautait de plus en plus haut. Il finit par s'immobiliser, ventre à l'air, loin en contrebas, presque hors de vue. Quelques pierres continuèrent leur descente joyeuse vers le monde; on les entendit caqueter encore un moment.

60

D'un tempérament doux, Vincent Artus n'avait jamais admis la brutalité vulgaire des faits. La vie n'était pas douce, elle. Jamais elle ne l'avait ménagé, le ramenant toujours — pour quelle impénétrable raison ? — vers cette vallée pluvieuse des Pyrénées, peuplée de pottocks et de vautours fauves, non loin de Roncevaux.

Contrairement à sa mère, dans ses derniers instants, Camille avait tout de suite admis la réalité des événements en cours, sans chercher à s'envoler, à protester, à contester l'opportunité de sa disparition ; de telles réticences n'eussent servi qu'à rendre plus pénible encore ce désagrément transitoire que l'on nomme décès.

Une nouvelle fois, Artus se mit en route vers son avenir. Béatrice l'accompagnait, silencieuse, compatissante.

Bruno Sémione l'attendait un peu plus bas. Il avait laissé son ami se recueillir seul, un moment, en haut du ravin. L'amitié prend parfois de ces formes délicates. C'est un sentiment aérien, à mille lieues de la tauromachie amoureuse, de ses vociférations, de ses liquides et de ses flammes, un vouvoiement des âmes, un pas de deux discret et silencieux hors de la durée.

Sémione, malgré les recommandations d'Artus, avait suivi le camion depuis la Brenne, le perdant de vue le soir dans les Landes pour le retrouver à l'aube, alors que, désespéré, il guettait la circulation sur une aire de repos de la nationale 10, un peu avant Bayonne.

Il avait failli arriver trop tard, le vieux moteur de la Volvo s'avérant incapable de fournir l'effort nécessaire à l'ascension. Sémione avait dû monter à pied. Camille, trop occupée à creuser sous le camion, échevelée, trempée, poussant des cris d'effort à chaque pelletée, ne l'avait pas entendu venir. Se retournant au dernier instant, sans surprise et sans peur, elle avait regardé approcher de son front, sous l'apparence débonnaire d'un caillou en forme de poire, sa propre fin.

Artus rejoignit Sémione.

— Pauvre fille, dit Sémione. Elle ne savait pas conduire. Pourquoi avoir voulu prendre le volant ? Ces chemins sont dangereux.

— Je n'aurais pas dû laisser la clé sur le contact, avoua Vincent. Il faudra expliquer tout cela, répondre à des questions.

Il faudrait aussi s'accoutumer à une existence sans perroquet et sans camion, inventer un nouvel emploi du temps, vivre avec des regrets inédits.

Ils se mirent en marche, côte à côte, mains dans les poches.

DU MÊME AUTEUR

Aux Éditions Gallimard

LES EMMURÉS, *roman.*

LOIN D'ASWERDA, *roman.*

LA MAISON DES ABSENCES, *roman.*

DONNAFUGATA, *roman.*

CONCILIABULE AVEC LA REINE, *roman.*

EN DOUCEUR, *roman.* (Folio)

LE ROUGE ET LE BLANC, *nouvelles.* (Folio)

DEMAIN LA VEILLE, *roman.* (Folio)

Aux Éditions Christian Pirot

RABELAIS.

Aux Éditions du Cygne

RICHARD TEXIER.

Aux Éditions le Temps qu'il fait

LES DIEUX DE LA NUIT *(sur des œuvres de Richard Texier).*

COLLECTION FOLIO

Dernières parutions

2865.	Didier Daeninckx	*Un château en Bohême.*
2866.	Christian Giudicelli	*Quartiers d'Italie.*
2867.	Isabelle Jarry	*L'archange perdu.*
2868.	Marie Nimier	*La caresse.*
2869.	Arto Paasilinna	*La forêt des renards pendus.*
2870.	Jorge Semprun	*L'écriture ou la vie.*
2871.	Tito Topin	*Piano barjo.*
2872.	Michel Del Castillo	*Tanguy.*
2873.	Huysmans	*En Route.*
2874.	James M. Cain	*Le bluffeur.*
2875.	Réjean Ducharme	*Va savoir.*
2876.	Mathieu Lindon	*Champion du monde.*
2877.	Robert Littell	*Le sphinx de Sibérie.*
2878.	Claude Roy	*Les rencontres des jours 1992-1993.*
2879.	Danièle Sallenave	*Les trois minutes du diable.*
2880.	Philippe Sollers	*La Guerre du Goût.*
2881.	Michel Tournier	*Le pied de la lettre.*
2882.	Michel Tournier	*Le miroir des idées.*
2883.	Andreï Makine	*Confession d'un porte-drapeau déchu.*
2884.	Andreï Makine	*La fille d'un héros de l'Union soviétique.*
2885.	Andreï Makine	*Au temps du fleuve Amour.*
2886.	John Updike	*La Parfaite Épouse.*
2887.	Daniel Defoe	*Robinson Crusoé.*
2888.	Philippe Beaussant	*L'archéologue.*
2889.	Pierre Bergounioux	*Miette.*

2890.	Pierrette Fleutiaux	*Allons-nous être heureux ?*
2891.	Remo Forlani	*La déglingue.*
2892.	Joe Gores	*Inconnue au bataillon.*
2893.	Félicien Marceau	*Les ingénus.*
2894.	Ian McEwan	*Les chiens noirs.*
2895.	Pierre Michon	*Vies minuscules.*
2896.	Susan Minot	*La vie secrète de Lilian Eliot.*
2897.	Orhan Pamuk	*Le livre noir.*
2898.	William Styron	*Un matin de Virginie.*
2899.	Claudine Vegh	*Je ne lui ai pas dit au revoir.*
2900.	Robert Walser	*Le brigand.*
2901.	Grimm	*Nouveaux contes.*
2902.	Chrétien de Troyes	*Lancelot ou Le chevalier de la charrette.*
2903.	Herman Melville	*Bartleby, le scribe.*
2904.	Jerome Charyn	*Isaac le mystérieux.*
2905.	Guy Debord	*Commentaires sur la société du spectacle.*
2906.	Guy Debord	*Potlatch* (1954-1957).
2907.	Karen Blixen	*Les chevaux fantômes* et autres contes.
2908.	Emmanuel Carrère	*La classe de neige.*
2909.	James Crumley	*Un pour marquer la cadence.*
2910.	Anne Cuneo	*Le trajet d'une rivière.*
2911.	John Dos Passos	*L'initiation d'un homme : 1917.*
2912.	Alexandre Jardin	*L'île des Gauchers.*
2913.	Jean Rolin	*Zones.*
2914.	Jorge Semprun	*L'Algarabie.*
2915.	Junichirô Tanizaki	*Le chat, son maître et ses deux maîtresses.*
2916.	Bernard Tirtiaux	*Les sept couleurs du vent.*
2917.	H.G. Wells	*L'île du docteur Moreau.*
2918.	Alphonse Daudet	*Tartarin sur les Alpes.*
2919.	Albert Camus	*Discours de Suède.*
2921.	Chester Himes	*Regrets sans repentir.*
2922.	Paula Jacques	*La descente au paradis.*
2923.	Sibylle Lacan	*Un père.*
2924.	Kenzaburô Ôé	*Une existence tranquille.*
2925.	Jean-Noël Pancrazi	*Madame Arnoul.*
2926.	Ernest Pépin	*L'Homme-au-Bâton.*
2927.	Antoine de Saint-Exupéry	*Lettres à sa mère.*

2928. Mario Vargas Llosa — *Le poisson dans l'eau.*
2929. Arthur de Gobineau — *Les Pléiades.*
2930. Alex Abella — *Le Massacre des Saints.*
2932. Thomas Bernhard — *Oui.*
2933. Gérard Macé — *Le dernier des Égyptiens.*
2934. Andreï Makine — *Le testament français.*
2935. N. Scott Momaday — *Le Chemin de la Montagne de Pluie.*
2936. Maurice Rheims — *Les forêts d'argent.*
2937. Philip Roth — *Opération Shylock.*
2938. Philippe Sollers — *Le Cavalier du Louvre. Vivant Denon.*
2939. Giovanni Verga — *Les Malavoglia.*
2941. Christophe Bourdin — *Le fil.*
2942. Guy de Maupassant — *Yvette.*
2943. Simone de Beauvoir — *L'Amérique au jour le jour, 1947.*
2944. Victor Hugo — *Choses vues, 1830-1848.*
2945. Victor Hugo — *Choses vues, 1849-1885.*
2946. Carlos Fuentes — *L'oranger.*
2947. Roger Grenier — *Regardez la neige qui tombe.*
2948. Charles Juliet — *Lambeaux.*
2949. J.M.G. Le Clézio — *Voyage à Rodrigues.*
2950. Pierre Magnan — *La Folie Forcalquier.*
2951. Amoz Oz — *Toucher l'eau, toucher le vent.*
2952. Jean-Marie Rouart — *Morny, un voluptueux au pouvoir.*
2953. Pierre Salinger — *De mémoire.*
2954. Shi Nai-an — *Au bord de l'eau I.*
2955. Shi Nai-an — *Au bord de l'eau II.*
2956. Marivaux — *La Vie de Marianne.*
2957. Kent Anderson — *Sympathy for the Devil.*
2958. André Malraux — *Espoir — Sierra de Teruel.*
2959. Christian Bobin — *La folle allure.*
2960. Nicolas Bréhal — *Le parfait amour.*
2961. Serge Brussolo — *Hurlemort.*
2962. Hervé Guibert — *La piqûre d'amour* et autres textes.
2963. Ernest Hemingway — *Le chaud et le froid.*
2964. James Joyce — *Finnegans Wake.*
2965. Gilbert Sinoué — *Le Livre de saphir.*

2966.	Junichirô Tanizaki	*Quatre sœurs.*
2967.	Jeroen Brouwers	*Rouge décanté.*
2968.	Forrest Carter	*Pleure, Géronimo.*
2971.	Didier Daeninckx	*Métropolice.*
2972.	Franz-Olivier Giesbert	*Le vieil homme et la mort.*
2973.	Jean-Marie Laclavetine	*Demain la veille.*
2974.	J.M.G. Le Clézio	*La quarantaine.*
2975.	Régine Pernoud	*Jeanne d'Arc.*
2976.	Pascal Quignard	*Petits traités I.*
2977.	Pascal Quignard	*Petits traités II.*
2978.	Geneviève Brisac	*Les filles.*
2979.	Stendhal	*Promenades dans Rome.*
2980.	Virgile	*Bucoliques. Géorgiques.*
2981.	Milan Kundera	*La lenteur.*
2982.	Odon Vallet	*L'affaire Oscar Wilde.*
2983.	Marguerite Yourcenar	*Lettres à ses amis et quelques autres.*
2984.	Vassili Axionov	*Une saga moscovite I.*
2985.	Vassili Axionov	*Une saga moscovite II.*
2986.	Jean-Philippe Arrou-Vignod	*Le conseil d'indiscipline.*
2987.	Julian Barnes	*Metroland.*
2988.	Daniel Boulanger	*Caporal supérieur.*
2989.	Pierre Bourgeade	*Éros mécanique.*
2990.	Louis Calaferte	*Satori.*
2991.	Michel Del Castillo	*Mon frère l'Idiot.*
2992.	Jonathan Coe	*Testament à l'anglaise.*
2993.	Marguerite Duras	*Des journées entières dans les arbres.*
2994.	Nathalie Sarraute	*Ici.*
2995.	Isaac Bashevis Singer	*Meshugah.*
2996.	William Faulkner	*Parabole.*
2997.	André Malraux	*Les noyers de l'Altenburg.*
2998.	Collectif	*Théologiens et mystiques au Moyen Âge.*
2999.	Jean-Jacques Rousseau	*Les Confessions (Livres I à IV).*
3000.	Daniel Pennac	*Monsieur Malaussène.*
3001.	Louis Aragon	*Le mentir-vrai.*
3002.	Boileau-Narcejac	*Schuss.*
3003.	LeRoi Jones	*Le peuple du blues.*
3004.	Joseph Kessel	*Vent de sable.*

3005. Patrick Modiano — *Du plus loin de l'oubli.*
3006. Daniel Prévost — *Le pont de la Révolte.*
3007. Pascal Quignard — *Rhétorique spéculative.*
3008. Pascal Quignard — *La haine de la musique.*
3009. Laurent de Wilde — *Monk.*
3010. Paul Clément — *Exit.*
3011. Léon Tolstoï — *La Mort d'Ivan Ilitch.*
3012. Pierre Bergounioux — *La mort de Brune.*
3013. Jean-Denis Bredin — *Encore un peu de temps.*
3014. Régis Debray — *Contre Venise.*
3015. Romain Gary — *Charge d'âme.*
3016. Sylvie Germain — *Éclats de sel.*
3017. Jean Lacouture — *Une adolescence du siècle : Jacques Rivière et la N.R.F.*
3018. Richard Millet — *La gloire des Pythre.*
3019. Raymond Queneau — *Les derniers jours.*
3020. Mario Vargas Llosa — *Lituma dans les Andes.*

Composition Bussière
et impression Bussière Camedan Imprimeries
à Saint-Amand (Cher) le 13 octobre 1997.
Dépôt légal : octobre 1997.
1er dépôt légal dans la collection : octobre 1993.
Numéro d'imprimeur : 1/2619.
ISBN 2-07-038775-5./Imprimé en France.

84398